Für die liebe Familie
Heidi und Ludwig
Gernhardt

Majestät
im blauen Anton

21 · 5 · 2001

Horst O. Hermanni

Majestät
im blauen Anton

Togbui Ngoryifia Kosi Olatidoye Céphas Bansah
König von Hohoe
Gbi · Traditional Ghana
Landmaschinen- und Kraftfahrzeugmeister
Ludwigshafen am Rhein · Bundesrepublik Deutschland

Vielen Dank für die Unterstützung meines Königreiches durch den Kauf dieses Buches.

The World of Books Ltd.
London · Worms am Rhein

Die deutsche Bibliothek – CIP-Einheitsaufnahme
Hermanni, Horst O.:
Majestät im blauen Anton: Togbui Ngoryifia Kosi Olatidoye Céphas Bansah,
König von Hohoe, Gbi · Traditional Ghana, Landmaschinen- und Kfz-Meister,
Ludwigshafen am Rhein, Deutschland / Horst O. Hermanni. – London und Worms:
The World of Books Ltd., 1997
ISBN 3-88325-591-2

© Alle Rechte vorbehalten.

Fotonachweise:
Fotostudio Udo Becker, Ludwigshafen (Titel und Rücktitel, Seite 56)
Dr. med. Gertrud Wilhelm, Ludwigshafen (Seite 15)
Arno Scheffler, Oppenheim (Seite 30, rechts unten)
Foto-Studio-Meinberg, Ludwigshafen (Seite 59)
Wolfgang Schindler, Sinsheim (Seite 59)
Emmanuel Bansah (Seite 75)
Gabriele Jung (Seite 80, unten)
Alle anderen Fotos: Togojesus, Hohoe

Grafiken, sofern nicht gekennzeichnet:
BASF Aktiengesellschaft, Ludwigshafen (Seite 9, 11)
„Flüchtlinge – Prüfstein weltweiter Solidarität".
Werkheft für die Fastenaktion 1994. Misereor, Aachen (Seite 14, 16)
Die Erde ein Haus für alle Menschen
Ideen und Informationen. Arbeitsheft zum Weltgebetstag der Frauen.
Deutsches Weltgebetstagskomitee. Stein, 1995 (Seite 14, 16, 22, 23, 29)
„Ghana, Fakten, Bilder, Aspekte"
Evang. Missionswerk Südwestdeutschland e.V. (ems) Stuttgart 1995 (Seite 18, 19)
„National Atlas of Ghana " (Seite 25)
Kurpfalz-Togo, Freundschaftsvereinigung e.V. (Seite 41)
Llux Datenverarbeitung GmbH (Seite 83)
Die Grafiken auf den Seiten 42, 62, 74, 81, 94, 95, 100
sind den Büchern von Jakob Spieth entnommen:
„Die Ewe-Stämme. Material zur Kunde des Ewe-Volkes in Deutsch-Togo"
sowie „Die Religion der Eweer in Süd-Togo".
Dort sind keine Hinweise auf den oder die Grafiker enthalten.

Umschlaggestaltung: © Llux & Schmidd

Gesamtherstellung: Llux Datenverarbeitung GmbH · Ludwigshafen am Rhein

Printed in Germany · ISBN 3-88325-591-2

Inhalt

Zum Geleit .... Seite   7

Afrika – eine andere Welt .... Seite   9

Ghana – Staat mit Zukunft? .... Seite   19

Das Volk der Ewe und seine Rituale in Ghana und Togo .... Seite   35

206 000 Afrikaner mit einem König in Ludwigshafen .... Seite   47

Entwicklungshelfer für die Untertanen .... Seite   63

Togo – Heimat der Ewe-Völker .... Seite   83

Jakob Spieth: Himmels- und Erdengötter
Zauberei, Kultus und Monarchie im Ewe-Volk .... Seite   93

Personen- und Sachregister .... Seite 105

Zum Geleit

Kamen Adam und Eva aus Afrika?

Die Frage, welcher Rasse die ersten Menschen angehört haben könnten, scheint bereits sehr früh durch die mythologischen Überlieferungen der „Sumerer" und „Babylonier" beantwortet zu sein.

Lahar und Aschnan (Adam und Eva), die ersten Repräsentanten des *homo sapiens sapiens* waren dunkelhäutig, ihr Paradies lag in Afrika.

Im Altertum repräsentierten Mythen Kulturen. Sie waren keine Fiktionen. Denn Wirklichkeiten standen dahinter.

Auch die Anthropologen sind sich heute fast sicher, daß die Wiege der Menschheit auf dem schwarzen Kontinent zu suchen ist.

Alle Menschen haben die gleiche Abstammung und gehören einer einzigen Rasse, dem *homo sapiens*, an.

Doch oft lautet die Überlebensdevise: «Alle gegen Alle» – alle gegen andere Rassen, alle gegen andere Religionen und alle gegen andere Spezies.

Jeder Einzelne trägt in der Gegenwart mit an der Verantwortung für die Zukunft der Menscheit, denn es geht nicht um Ideologien, sondern um's Überleben.

Unsere Zeit ist für die gesamte Menschheit auf dieser Erde eine Zeit der Begegnung, der Gefahr, der Krisen. Das griechische Wort „Krisis" bedeutet Entscheidung, Leben oder Untergang.

Unsere wichtigste Aufgabe besteht heute darin, auf eine neue Art denken zu lernen, die eine Anerkennung gegenseitiger Abhängigkeit aller Menschen in Harmonie mit der gesamten Natur einschließt.

Frankfurt, 25.8.1997

Prof. Dr. h.c. Gernot Treusch

Afrika – eine andere Welt

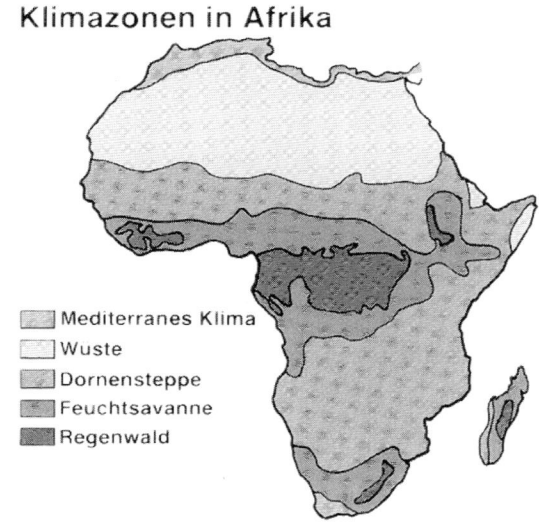

Klimazonen in Afrika
- Mediterranes Klima
- Wüste
- Dornensteppe
- Feuchtsavanne
- Regenwald

Die geographische, klimatische, geschichtliche, ethnische und kulturelle Vielfalt Afrikas veranlaßten den Ex-Vizepräsidenten der USA Hubert Humphrey zu der lakonischen Bemerkung: *„Ich denke, es ist eine andere Welt."* (1)

Afrika ist zwar ein Pauschalbegriff. Doch der Kontinent reicht von Abidjan bis Zaire, von Xhosa bis Kikuyu. Afrika besteht nicht nur aus kilometerlangen palmenbestandenen, weißen Sandstränden an kristallklarem Wasser, sondern auch aus unafrikanischen Großstädten mit Hochhäusern, Slums und Wellblechbaracken. Wer an Afrika denkt, meint nicht nur Löwen und Elefanten, sondern auch Dürre und Hunger, nicht nur Antilopen und Giraffen, sondern auch Malaria und Aids.

Afrika – das sind 53 Staaten, von denen 32 in der Liste der „am wenigsten entwickelten Länder" geführt werden. Afrika – das ist der am stärksten unterprivilegierte Kontinent unseres Planeten. Nach dem Bericht der UN-Welternährungsorganisation (FAO) vom August 1994 haben 34 Millionen Afrikaner nicht genug zu essen, d.h. 34 Millionen von 525 Millionen Menschen hungern. In zehn Jahren werden eine Milliarde Menschen in Afrika leben. Und wie viele werden dann hungern?

Die Vielzahl der Rassen und Stämme, der Sprachen und Religionen, der unterschiedlichsten Kulturen und politischen Systeme veranlaßte Hubert Humphrey zu der Bemerkung: *„Wir wissen so wenig!"* (1) Die Nachrichten, die uns erreichen, sind widersprüchlich und verwirrend: humanitäre Katastrophen, mörderische Konflikte, Touristen-Attraktionen, Foto-Safaris durch Nationalparks mit viel Platz für wilde Tiere.

DIE RHEINPFALZ Nr. 289   Pressestimme vom 14.12.94

Stau im Safari-Park

Mit Tierschützern unterwegs in Kenia: Elefanten-Paten begegnen ihren „Ziehkindern"
Von dpa-Korrespondent Nikolaus Dominik

NAIROBI. Die Savanne des Tsavo-Nationalparks in Kenia liegt unter brennender Nachmittagssonne. Über den staubig-steinigen Wegen flimmert die Hitze, buschige Bäume spenden spärlichen Schatten. Doch irgendetwas stimmt nicht in dieser afrikanischen Idylle. Auf einer kleinen Anhöhe unweit der Salt-Lick-Lodge, einem noblen Safari-Hotel, stehen zehn Kleinbusse im Stau. Mit laufenden Motoren scheinen sie zu warten, um einen Baum und einen Felsen umrunden zu können.

Des Rätsels Lösung: Die Businsassen sind auf einer Fotosafari, und unter dem Baum fressen zwei stattliche Löwen-Männchen gerade einen Springbock, am Felsen dösen elf Löwinnen im Nachmittagsschlaf. Motorenlärm und Abgase stören die Tiere nicht. Fotoapparate der Safarigäste hören nicht auf zu klicken, Video-Kameras schwenken von einer Gruppe zur anderen.

Lebenselixier afrikanischer Frauen: Tanz und Musik

Kinder – der Reichtum Afrikas. Fröhlichkeit wirkt ansteckend

Die Zugehörigkeit zu einem der mehr als 1 000 Stämme ist für die Afrikaner auch heute noch wichtiger als die Zugehörigkeit zu einem Staat. Denn jeder Stamm hat seine eigene Sprache, die von den Nachbarn oft nicht verstanden wird. Diese Sprachenvielfalt zwang in den meisten Ländern die Regierungen dazu, die Sprache der ehemaligen Kolonialmacht als offizielle Landessprache zu etablieren, damit die Mehrzahl der Bevölkerung wenigstens in einer Fremdsprache kommunizieren kann.

So unterschiedlich wie die Staatsformen – von der absoluten Monarchie über die Demokratie bis zur Militärdiktatur – so unterschiedlich sind auch die Wirtschaftsordnungen. Die Bandbreite reicht bei der Mehrzahl der Staaten von der freien Marktwirtschaft bis zur mehr oder weniger kontrollierten Staatswirtschaft. Durch ungebremste Bevölkerungsexplosion wächst die Arbeitslosigkeit. Sie liegt gegenwärtig bei rund 45 Prozent aller Erwerbstätigen. Hinzu kommt als zweites Problem die von den Kolonialmächten ohne Rücksicht auf ethnische Gruppierungen und traditionelle Stammesgebiete vorgenommene, willkürliche Abgrenzung ihrer Interessensgebiete. So sind ständige Reibereien unterschiedlicher Stämme auf fremden Territorien an der Tagesordnung und eskalieren seit 30 Jahren zu mörderischen Konflikten.

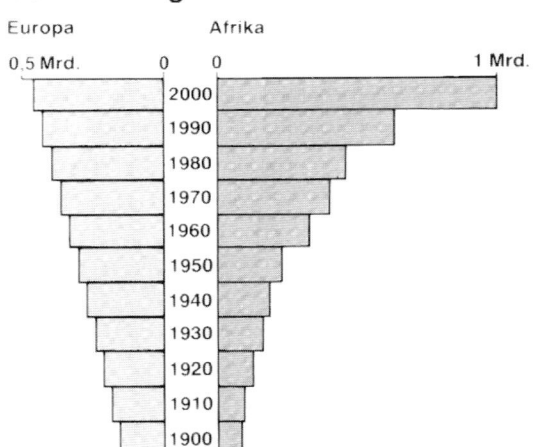

- In der im April 1994 ausgebrochenen Revolte in Ruanda haben binnen weniger Tage über eine Million Flüchtlinge in der tödlichen Falle von Hunger und Cholera das Überleben gesucht.
- 25 Jahre zuvor sind bei einem Krieg in der Provinz Biafra in Nigeria eine Million Menschen ums Leben gekommen.
- Dreißig Monate dauerten die Kämpfe zwischen der Volksgruppe der Ibos und der Zentralmacht. Sie endeten im Januar 1970.
- Nach sechzehn Jahren konnte endlich im Oktober 1993 der Bürgerkrieg in Mosambik mit über einer Million Todesopfern gestoppt werden.
- Bei dem Konflikt zwischen den Regierungstruppen und den Anhängern der Rebellenorganisation Unita verloren nach Angaben des früheren UN-Generalsekretärs Butros Ghali täglich 1000 Menschen in Angola ihr Leben.
- Der Bürgerkrieg in Somalia forderte allein 1992 über 300 000 Todesopfer.
- Millionen flohen vor dem Konflikt zwischen der moslemischen Regierung in Khartum und christlichen sowie animistischen Rebellen aus dem Sudan. Die Zahl der im Land Getöteten ist unbekannt.

Völkerwanderungen bisher unbekannten Ausmaßes führten in den 70er und 80er Jahren zu Hungersnöten und Massensterben. Betroffen war davon Äthiopien und Eritrea, Mosambik, Angola und Namibia. Nicht nur monate- und jahrelange Trockenheit, sondern auch blutige Auseinandersetzungen zwischen verfeindeten Stämmen lösten die Massenflucht aus. In Südafrika provozierte die rigorose Apartheid-Politik Mord und Totschlag und eine Wanderbewegung unbekannter Größenordnung schwarzer Bevölkerungsgruppen. 1988 formuliert Maggie Thatcher zynisch, daß man bei der

Wasser, mit Kalebassen geschöpft, muß kilometerweit transportiert werden

Kinder lernen von frühester Jugend an, Lasten zu tragen

Mühsam geschöpfte sandig-braune Brühe für den Hausgebrauch

Wasserpumpen fördern aus der Tiefe Trinkwasser-Qualitäten

afrikanischen Politik ohne Härte nicht sehr weit komme: *„No one gets very far in African politics without being tough."* (2) Meinte sie damit auch die 1963 in Addis Abeba gegründete OAU-Organisation für afrikanische Einheit, die in einem ihrer ersten Beschlüsse die willkürliche Grenzregelung der Kolonialmächte als unverletzlich erklärte, wohl aus der resignierenden Einsicht heraus, daß eine einvernehmliche Regelung unmöglich ist? Ist Afrika nicht mehr zu retten?

Das amerikanische Magazin „Newsweek" beschrieb in seiner Ausgabe im November 1994 Namibia als *„eine afrikanische Rarität: ein Land, das funktioniert"*. Die Gründe dafür werden in der „Dorfkultur" des Landes mit seinen nur 1,5 Millionen Einwohnern gesucht. Respekt für Ältere und gegenüber der Obrigkeit haben die Verhältnisse stabilisiert. *„In der Tat bestätigt ein Blick auf die Landkarte, daß die etablierten Demokratien – Botswana, Mauritius, Namibia – bevölkerungsmäßig Zwergstaaten sind, während bei den Kolossen des Kontinents – Nigeria, Sudan, Zaire – oftmals Chaos herrscht."* (3)

Die Anmaßung des weißen Eroberers und seiner Nachkommen, daß die offizielle Geschichte Afrikas erst mit der Landung der Europäer begonnen hat, wird heute immer noch gedankenlos übernommen. Zwar sind die Staaten des schwarzen Kontinents offenbar noch zu jung, ihren Frieden mit der eigenen Vergangenheit zu schließen, ihre Abhängigkeit von den Industrienationen, vom Wohlwollen der Weltbank, von Investitionen und Entwicklungshilfen, auch vom Tourismus, ist jedoch unübersehbar.

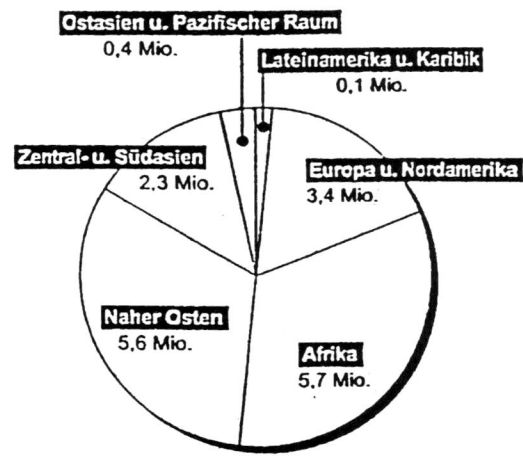

Die Mär vom selbsternannten Kaiser, der sich aus der Kasse der Entwicklungshilfe goldene Betten für seinen Palast genehmigt hat, während seine Untertanen hungern, ist noch nicht einmal eine billige Ausrede für unterlassene Hilfeleistungen.

Angesichts der weltweit höchsten Kindersterblichkeit und angesichts der Schätzungen der Weltgesundheitsorganisation (WHO), daß 6,5 Millionen Afrikaner vom HIV-Virus infiziert sind, verkommt das Schlagwort von der Hilfe zur Selbsthilfe zur zynischen Redensart.

Gefragt ist anläßlich der sich in weiten Teilen Afrikas ausbreitenden Nahrungsmittelknappheit Hilfe. Die Versorgung mit Grundnahrungsmitteln muß verbessert werden. Noch immer ist auf diesem Erdteil die Landwirtschaft unterentwickelt und bedarf dringend moderner Methoden.

Der in vielen Teilen des Kontinents seit Jahren anhaltende Regenmangel, die durch das Abholzen der Wälder für Brennmaterial selbstverschuldete Umweltkatastrophe, die Überweidung der Böden mit vergrößerten Viehherden, die Landflucht schließlich und endlich, die immer größere Flächen afrikanischer Städte zu Slums verkommen läßt, so daß in ihnen ein gefährliches Potential wächst, zwingt Europa, zwingt die Nationen der Welt, zum Handeln.

Denn das Karussell wirtschaftlichen Leerlaufs dreht sich immer schneller. Durch niedrige Nahrungsmittelpreise soll in Afrika die Stadtbevölkerung bei Laune gehalten werden. Niedrige Nahrungsmittelpreise bedeuten niedrige Erzeugerpreise. Und niedrige Erzeugerpreise provozieren

„Haute Coiffure"
Ein Friseursalon in Accra offeriert seine Angebote

Afrika
Krieg als Fluchtursache

Entwurf: E. Klahsen
* Kriege, Bürgerkriege und kriegsähnliche Auseinandersetzungen in den achtziger Jahren (Auswahl)

Landflucht. Afrikas Stadtbevölkerung kann nicht auf Kosten der Bauern leben. Denn für diese lohnt es sich nicht, über den eigenen Bedarf hinaus, Nahrungsmittel anzubauen. Die landwirtschaftliche Produktion sinkt. Lebensmittel müssen importiert werden. So werden Exportländer landwirtschaftlicher Produkte zu Importländern. Der Verelendungsprozeß schreitet fort. *„Afrika ist von allen Kontinenten unserer Erde am stärksten von Flucht- und Wanderungsbewegungen betroffen. Afrika insgesamt weist eine statistisch erhobene Flüchtlingspopulation von 9 Millionen Menschen auf. Das ist etwa ein Drittel der Weltflüchtlingspopulation. Dabei finden wir bei den afrikanischen Flüchtlingen ein besonders dichtes Gemenge von verschiedenartigsten Flucht- und Wanderungsursachen: Arbeitssuche, Bürger- und Stammeskriege, autoritäre Regime, Hunger- und Umweltkatastrophen, das koloniale Erbe der Entwicklungsländer, ethnisch-rassische und kulturell-religiöse Spannungen und vieles mehr."* (4)

Der frühere Bundesminister für wirtschaftliche Zusammenarbeit und Entwicklung (1968 — 1974), Erhard Eppler, formulierte in diesem Zusammenhang: *„Weil das Deutsche Reich vor gut hundert Jahren verspätet, aber umso eifriger in den Wettlauf um Kolonien eingetreten ist, hatten wir eine spezielle Verantwortung für die armen Völker. Wir können zwar nicht alles Elend dieser Erde in unserem Land unterbringen, dazu ist das Elend im Süden zu groß und unser Land zu klein, aber wir können den Menschen helfen, ihre Ernährung selbst zu sichern, ihre Wälder zu pflegen, ihre Dörfer mit Wasser zu versorgen, ihre Bananen zu vermarkten, für ihren Kaffee eine fairen Preis zu bekommen. Vieles spricht dafür, daß wir, die Deutschen, aber auch die anderen Europäer, unsere Hilfe immer mehr auf Afrika konzentrieren. Zum einen ist dies der Kontinent, in den die Westeuropäer am brutalsten eingegriffen haben, bis hin zum Sklavenhandel, zum anderen ist Schwarzafrika das wichtigste und größte jener Gebiete, die von der Weltwirtschaft einfach abgeschrieben wurden, weil sich offenbar nicht einmal die Ausbeutung mehr lohnt."* (5)

In Ghana sind die Plantagenwirtschaften in Küstennähe vorrangige Ziele von Arbeitsmigranten aus der Sahelzone. Dabei hat Ghana, zu 70 Prozent auf den Export von Kakao angewiesen und am 6. März 1957 überstürzt als erster afrikanischer Staat von der Kolonialmacht in die Selbständigkeit entlassen, genug eigene Probleme. Auch dort kann man mit gutem Gewissen in die zweite Nationalhymne Südafrikas einstimmen, weil man auf Hilfe angewiesen ist: „Nkosi Sike -lel'il Afrika" – Gott segne Afrika. (6)

Anmerkungen:

(1) David Lamb: Afrika, Afrika. Menschen, Stämme, Länder. München: Kyrill und Method Verlag 1989. Einheitstitel: The Africans (dts.), Seite 227

(2) Margaret Thatcher: Downing Street 10. Erinnerungen. Econ, Düsseldorf 1993, Seite 728

(3) Gerd Behrens: Namibia nach knapp fünf Jahren Unabhängigkeit. Rassenfriede im Wüstenland. In: Süddt. Zeitung, 7.12.1994, Seite 10

(4) Dr. Rainer Krockauer: Afrika und die Flüchtlinge. In: Die Erde – ein Haus für alle Menschen. Deutsches Weltgebetstagskomitee. Frauen aller Konfessionen laden ein, Freitag, 3. März 1995, Stein, Seite 151

(5) Erhard Eppler, Miteinander leben, am 20. Juni 1997 beim 27. Deutschen Evangelischen Kirchentag in der Leipziger Nikolaikirche

(6) Hymne der Xhosa, des Bantumvolkes in Südafrika, für das die Heimatländer Franskei und Ciskei geschaffen wurden.

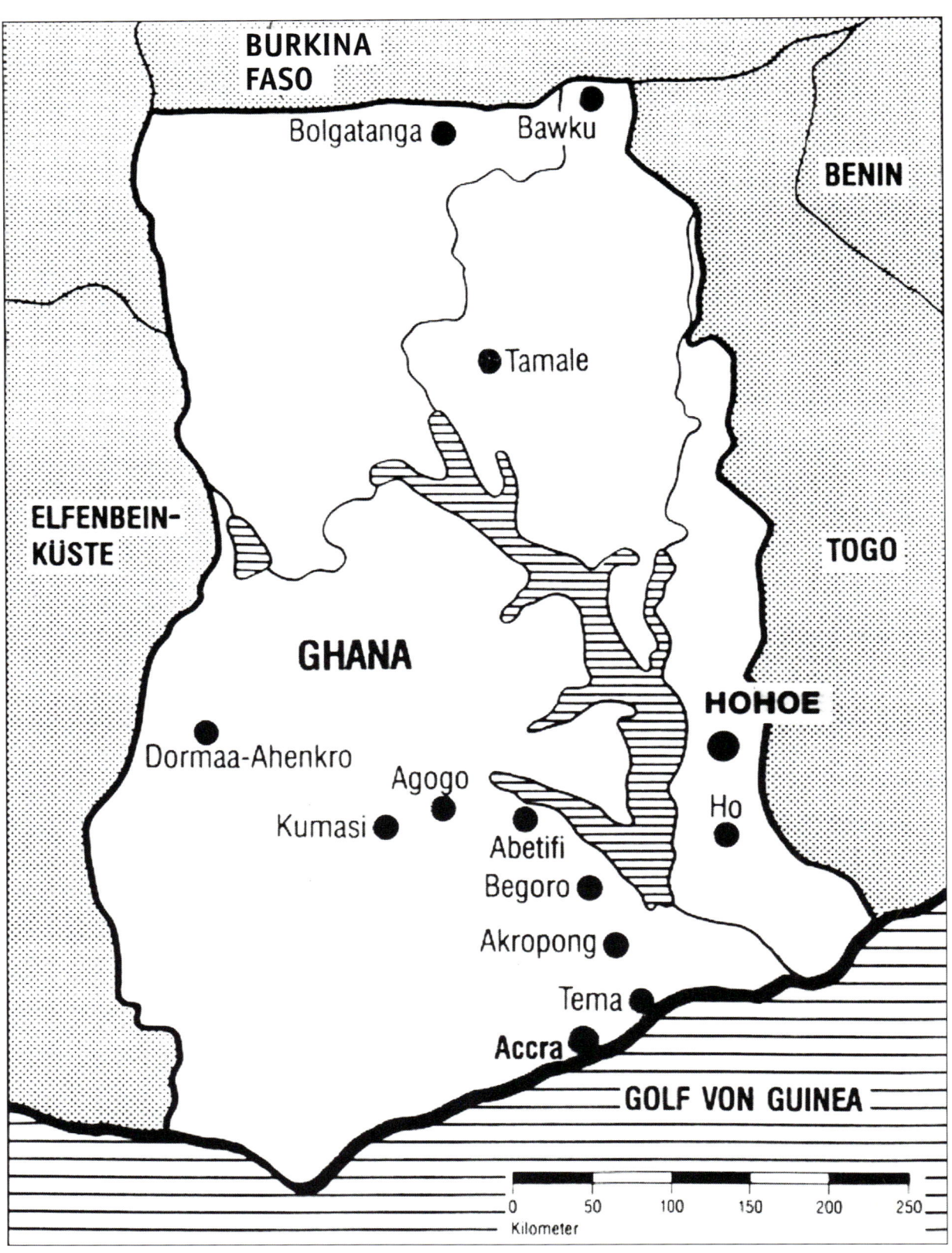

Ghana – Staat mit Zukunft?

Ghana ist das erste afrikanische Land südlich der Sahara, das nach dem Zweiten Weltkrieg unabhängig wird: allein durch die Beherrschung der demokratischen Spielregeln, ohne kriegerische Auseinandersetzungen. Deshalb treten die Ghanaer für die totale Befreiung und Unabhängigkeit aller Afrikaner ein.

Mehr als 15 Millionen Menschen – davon sind ungefähr 50 Prozent jünger als 16 Jahre – leben in Ghana. Im Staat an der Elfenbeinküste gibt es 50 Stämme und 70 verschiedene Sprachen. Die Amtssprache ist Englisch als letzte Erinnerung an die britische Kolonialherrschaft. Man verständigt sich wie in fast allen anglophonen, ehemaligen britischen Kolonien in „Pidgin-Englisch", gespickt mit vielen Wörtern der landeseigenen Gur- und Kwa-Sprachen. Die weitverbreitete Kwa-Sprache Akan, wird von 70 Prozent der Bevölkerung gesprochen.

Seit der Einführung der allgemeinen Schulpflicht (1957) und der Gründung der landeseigenen Universitäten (1948) wächst der Bildungshunger der Ghanaer. Die unglaubliche Geschichte des Dr. Wilhelm Antonio Amo stimuliert die jungen Ghanaer. Amo, 1703 geboren, als Sklave nach Deutschland verbracht, wurde wegen seiner überdurchschnittlichen Intelligenz von seinen Besitzern zur Schule geschickt. Er studierte anschließend in Halle an der Saale, promovierte, wurde Dozent der philosophischen Fakultät, lehrte in Wittenberg und Jena und kehrte 1763 in seine Heimat zurück, wo er 1784 starb.

Seit vielen Jahren schicken vermögende Ghanaer ihre Söhne und Enkel zur Ausbildung nach Europa. Bekannt ist das Beispiel des Ashanti-Prinzen Akwasi Bochie, der 1840 im sächsischen Freiberg ein Ingenieurstudium absolvierte wie 1970 Céphas Bansah in Kaiserslautern. Der amtierende Staatspräsident Jerry J. Rawlings befürwortet schon im Hinblick auf die hohe Auslandsverschuldung und die damit verbundene angespannte wirtschaftliche Situation diese Entwicklung. *„Wir brauchen den Sachverstand von Ghanaern, die im Ausland arbeiten, um uns von ausländischen Beratern und Experten unabhängiger zu machen."* (7)

Missionare bilden auch heute junge Ghanaer zu Lehrern aus und sorgen dafür, daß immer mehr bildungshungrige junge Männer eingeschult werden. 1937 wurde das Achimota College in Accra gegründet, in dem Lehrer und Studienanwärter unterrichtet werden. 1948 entstand die erste Universität des Landes in Legon bei Accra mit fünf Fachbereichen: Landwirtschaft, Medizin, Humanwissenschaften, Sozialwissenschaften und Naturwissenschaften. Zur Zeit besuchen über 10 000 Studenten die Universitäten in Legon und Kumasi. Studieren ist kostenlos, aber Bücher, Kopien und Studienmaterial sind sehr teuer. Im übrigen gibt es inzwischen auch in Ghana wie hierzulande arbeitslose Akademiker.

Seit 1986 garantiert die Regierung jedem Jugendlichen einen Schulbesuch von neun Jahren. Auch wenn es in Afrika kein gebildeteres und wißbegierigeres Volk gibt, die viel zu wenig offenen Stellen zwingen die Jugendlichen in den Städten, auf den Straßen mit Gelegenheitsjobs schon während ihrer Schulzeit Geld zu verdienen. Dort verkaufen die Jungens an den Verkehrsampeln

Zeitungen, Souvenirs, Süßigkeiten, während viele Schulmädchen zur Finanzierung ihrer Ausgaben als Prostituierte arbeiten müssen.

Der Stellenwert und die Qualität der Bildungseinrichtungen vom Kindergarten bis zur Universitätsausbildung nimmt auf dem Land ab. *„Das läßt sich an den sinkenden Einschulungsraten ablesen: von 80 Prozent im Jahr 1980 auf 71 Prozent im Jahr 1989. Der Arbeitsmarkt für Schulabgänger ist enger geworden, so daß weniger Eltern in Schulbildung investieren. Daß die Alphabetisierungsquote im Landesdurchschnitt nur 35 Prozent (andere Quellen sprechen von ca. 45 Prozent) beträgt, hat für den Grad der Informiertheit über nationale Belange keine negativen Auswirkungen. Informative Radioprogramme werden regelmäßig in verschiedenen der rund 70 Landessprachen gesendet."* (8)

Ab 16 Jahren gehen viele junge Mädchen einer eigenen Erwerbstätigkeit nach. Nahezu 80 Prozent aller Frauen sind berufstätig. Dennoch treffen für viele, auch in Ghana lebende Afrikanerinnen immer noch die Feststellungen der „International Bank for Reconstruction and Development" (Weltbank) zu: *„Sie stellen 60 Prozent aller Arbeitskräfte, verdienen aber nur 10 Prozent des gesamten Einkommens. Sie bauen 80 Prozent aller Nahrungsmittel an, sind aber meistens die letzten, die sich in Ruhe zu einer Mahlzeit hinsetzen können. Sie müssen sich um Kinder und Haushalt kümmern und außerdem noch Tag für Tag meilenweit laufen, um Brennholz und Wasser zu holen. Sie stehen vor allen anderen auf und gehen als letzte ins Bett; Arbeitstage von 18 Stunden sind nichts Ungewöhnliches. Wenn sie heiraten, sind sie zumeist noch sehr jung. Zwei Jahrzehnte lang werden sie fast ständig schwanger sein, und die Chancen, daß sie während der Schwangerschaft sterben, stehen 1:20. Es geht um die afrikanische Mutter."* (9)

Ghana, fast so groß wie die alte Bundesrepublik vor der Wiedervereinigung, ist relativ dünn besiedelt: pro Quadratkilometer leben 62 Menschen gegenüber 244 hierzulande. Auf einer Länge von 672 Kilometern und einer maximalen Breite von 526 Kilometern von Ost nach West wechseln wilde Savannenlandschaften mit tropischen Regenwäldern, bis über 800 Meter hohe Berge mit anmutigen Stränden am Golf von Guinea. Von der Mitte des westafrikanischen Subkontinentes bis zum Äquator sind es nur noch 450 Kilometer übers Meer. Die Temperaturen fallen nicht unter 25 Grad Celsius. Der März, kurz vor Ausbruch der Regenzeit, ist der heißeste und der August der kühlste Monat des Jahres. Die Regenzeit dauert im Süden von April bis Juni und von September bis Oktober, im Norden von Mai bis zum Oktober.

Ghana ist ein Land der Bauern. 60 bis 65 Prozent der Gesamtbevölkerung sind in der Landwirtschaft und in der Fischerei beschäftigt. Die Fischerei wird nicht nur an der Küste betrieben, sondern auch im Landesinneren. Dort ist der größte Fluß der Volta, der bei Akosombo zum größten künstlichen See der Welt mit einer Länge von 400 Kilometern gestaut wurde. Weite Teile des Landes sind nur bedingt landwirtschaftlich nutzbar. Nach Angaben der Welternährungsorganisation (FAO) sind deshalb nur 27 Prozent der Gesamtfläche kultiviert. Dabei ist im Gegensatz zu anderen afrikanischen Ländern der Boden fruchtbar und mit viel Wasser gesegnet. Produziert werden Mais, Reis, Hirse, Yams, Maniok, Kochbananen, Gemüse, Obst. Die Ghanaer verkaufen nur, was übrig bleibt. Deshalb ist das Land auf Nahrungsmittelimporte angewiesen. Vor allem Reis wird importiert.

Aus dem Zeitalter der Kolonialzeit existieren noch viele Monokulturen: große Kakao-, Zuckerrohr-, Kaffee-, Tee- und Kautschukfelder. Inzwischen versucht man, die Monokulturen aufzugeben und Produkte wie Tabak, Ananas, Bananen, Palmkernöl und Kopra (getrocknete Kokosnuß) anzupflanzen. Kolanüsse und Baumwolle stehen auf dem Programm für Alternativ-Produkte. Kakao, der größte Exportartikel, wird fast ausschließlich in bäuerlichen Kleinbetrieben angebaut. 600 000 Ghanaer leben vom Kakaoanbau. Die ehemalige Jahresproduktion von 500 000 Tonnen ist jedoch rückläufig, so daß Ghana heute nur noch den dritten Platz der Weltproduktion einnimmt. Die Landwechselwirtschaft ist ortsgebunden. Der Wanderhackbau gehört der Vergangenheit an. In den küstenfernen Regionen zwingen lange Trockenzeiten und unsichere Niederschlagsmengen die Bauern zur Vorratshaltung und zum Bau von Speicheranlagen. Zumeist wird nur eine Frucht pro Jahr und Feld angebaut. Hauptsächlich werden Hirse, Sorghum, Mais, Sesam, Baumwolle und Erdnüsse geerntet. Das Land ist zumeist Eigentum einer Gemeinschaft und wird von Häuptlingschaften verwaltet und je nach Bedarf zugeteilt. Die Erträge des Bodens bleiben dem vorbehalten, der ihn bebaut. Der Begriff „Eigentum" regelt nicht den Besitzstand, sondern die Verantwortung gegenüber der Gemeinschaft.

Nach alter Überlieferung gehört das Land den verstorbenen Ahnen. Die Nutzung durch die Lebenden ist eine Verpflichtung gegenüber der kommenden Generation. Bevölkerungswachstum und die sich verengenden Spielräume machen eine Lockerung des Bodenrechts zwingend notwendig. Der Generationenvertrag steht dem entgegen.

Die Ghanaer zeichnen sich durch Vitalität, Spontanität, Freundlichkeit, Bescheidenheit und Toleranz aus. Ihre heitere Grundstimmung hilft ihnen über vieles hinweg, zumal sie die seltene Gabe besitzen, über sich selbst lachen zu können. Sie politisieren gerne über das Schicksal Afrikas, dessen Heil für sie in der Einigkeit und Einheit liegt, obgleich sie die Meinung vertreten, Ghana ist etwas Besonderes.

Rassische Vorurteile gibt es nicht. Religion ist Privatsache und spielt keine Rolle im öffentlichen Leben. Deshalb leben hier Rastas, Hindus, Buddhisten, Hare Krischnahs, Moslems, Juden und Christen friedlich nebeneinander. Überall gibt es Kirchen für alle Konfessionen. Zumal viele Kirchen an der Missionierung beteiligt waren. Die Ghanaer sind gläubige Menschen. Der Glaube an eine höhere Macht ist tief verwurzelt. Denn schon lange vor der Christianisierung war das Leben von Spiritualität durchdrungen.

Kultur und Religion werden als Einheit begriffen. Neben den materiellen Notwendigkeiten rangieren spirituelle Bedürfnisse an erster Stelle. Voodoo, Animismus und Naturreligion, Heidentum und Christentum – alles ist vertreten. Talismane und bestimmte Perlenketten, Kopfbedeckungen, Ringe und vieles andere mehr haben die Kraft, böse Geister zu vertreiben und damit Schutzfunktionen auszuüben. Für viele Afrikaner ist Gott ein abstrakter Begriff, nur die Fetische, die er schuf, sind darstellbar. Denn diese Fetische waren einmal Mensch, Tier oder Pflanze. Sie haben einmal gelebt und sind deshalb Realität, die weiter existiert, solange die Menschen ihnen ihre Opfer bringen. Weil viele nicht wissen, wie sie sich verhalten sollen, gehen sie zu einem Fetischpriester, der mit Hilfe eines Orakels und verschiedener Opfergaben ermittelt, welcher Fetisch von dem Menschen Besitz ergriffen hat und was zu tun ist.

Schon 1827, 32 Jahre vor dem Verbot des Sklavenhandels, startet die „Basler Mission" an der Goldküste ihre Aktivitäten. Ihr folgen die Methodisten aus Schottland, die „Bremer Mission" und verschiedene andere protestantische Kirchen. Der Einfluß der Holländer läßt sich an der Goldküste bis in das Jahr 1872 zurückverfolgen. Der Union Jack kennzeichnet die britische Kolonialzeit ab 1872. Im Jahre 1890 kehren katholische Missionare an die Goldküste zurück, wo sie bereits im 15. Jahrhundert mit Hilfe der Portugiesen Aktivitäten entfalten konnten. Den ersten Missionaren sind die heidnischen Rituale, die zum Teil blutigen Götterkulte ein Dorn im Auge. *„Was müssen das für Götter sein, deren Bilder so lächerlich fantastisch, so monströs ungeschlacht, so schrecklich verzerrt sind wie viele heidnische Idole"*, wetterten sie in ihren Reden und Schriften.

Die Missionierung brachte zwar viele Ausbildungsmöglichkeiten, die auch heute noch gerne genutzt werden, zugleich aber eine Entfremdung von der traditionellen Religion der Ahnen. Die christianisierten Afrikaner waren damit für die Kolonialherren kontrollierbar geworden. Sie

Adinkra – die Symbolsprache ghanaischer Lebensweisheiten für eine Kommunikation ohne wortreiche Erklärungen

	Der Stern ist Symbol dafür, das wir Kinder Gottes sind.		Unsterblichkeit der Seele		Gottvertrauen
	Unnachgiebig und selbslos bereit zum Dienst		Stärke		Einfriedung Sicherheit Liebe
	Weisheit, Wissen und Vorsicht		Gerechtigkeit Redlichkeit		Auf die Vergangenheit aufbauen
	Fähigkeit zu Heldentat mit Vorsicht und verschwiegen		Freundlichkeit das Angewiesensein auf die Mitmenschen		Standfestigkeit Bereitschaft
	Härte und Durchsetzungsvermögen		Verschmitztheit Intelligenz		Unerschrockensein, Durchhaltewille
	Ein Haus, das Sicherheit und Geborgenheit gibt.	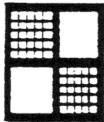	Historisches Zeichen für eine Gruppe		Die Augen des Königs - er sieht alles
	Eine Trommel, die die Zeit anzeigt - auch Kriegstrommel		Warnung vor Heuchelei		Hervorragende Leistung - Gütezeichen
	Macht Achtung des Rechts		Gyawus Kopf von hinten - Erinnerung an die Flucht eines Häuptlings		Des Königs Gewehr Symbol der Grösse
	Weibliche Tugenden: Rücksicht, Zärtlichkeit, Vorsicht		Messer des Scharfrichters		Verantwortung füreinander - Zusammenarbeit
	Wachsamkeit, Fröhlichkeit, Gewandtheit		Gütezeichen Abscheu vor Unvollkommenheit		Vereinigte Herzen, Zusammengehörigkeit

*Die Adrinkra-Zeichen werden mit schwarzer Farbe auf weiße oder einfarbige Stoffbahnen gedruckt.
Die Druckstöcke werden aus Baumrinde oder der Basthülle von Kokosnüssen hergestellt.*

 Gott allein Allmacht Gottes	 Reinheit und Glück Gegenwart Gottes	 Gegenwart Gottes
 Mond und Sterne - Treue, Milde, Vertrauen	 Seele - Reinheit Spiritualität	 Festigkeit Gutwilligkeit Geduld
 Grösse und Stolz - aber auch Warnung vor Hochmut	 Barmherzigkeit, Schutz, geduldige Zurechtweisung	 Unverwüstlichkeit
 Einheit in der Vielfalt Solidarität und Toleranz	 Grossmut Standhaftigkeit und Sorgfalt	 Kriegshorn Bereitschaft zum Kampf
 Autorität und Gerechtigkeit - Siegel des Gesetzes	 Gekreuzte Schwerter - Autorität der Regierung	 Handschellen das Gesetz ist über den Menschen
 Kraft, Ausdauer und Zuversicht	 Festgebautes, gut durchlüftetes Haus	 Ein strenges Gesicht muss nicht Zorn bedeuten
 Demut, Lernbereitschaft und Weisheit	 Foofoo-Samen Warnung vor Neid	 Todesleiter - alle Menschen müssen sie erklimmen
 Grösse	 Ein Bündel Cola-Nüsse - Wohlstand und Ueberfluss	 Tapferkeit Furchtlosigkeit
 Symbol der Schützen - Tapferkeit	 Aufrichtigkeit	 Kaurimuschel Symbol für Ueberfluss
Aufrichtigkeit und Genauigkeit	 Bereitschaft zum Dienst	 Pflichtbewusstsein

ordneten sich unter, fügten sich ein, dienten und duldeten. Alles vermeintlich Heidnische schien unvereinbar mit der kirchlichen Ordnung und Lehre. Afrikanischen Theologen gelang es, Konflikte abzubauen und zu vermitteln. Sie versuchen, die traditionelle Kultur der Völker Ghanas mit dem christlichen Glauben zu verbinden und akzeptieren die Heilungsgottesdienste durch Handauflegen, Gebet und Verwendung von Substanzen ihrer Katecheten und Pfarrer, zumal viele afrikanische unabhängige Kirchen als „spiritual churches" entstanden sind.

Heute sind ungefähr 50 Prozent der Ghanaer Christen, davon 60 Prozent Protestanten und 40 Prozent Katholiken. Die traditionellen Religionen sind mit ca. 35 Prozent und der Islam ist mit 15 Prozent vertreten. Daneben existieren Pfingstgemeinden, Apostolische Kirchen, Wiedergeburtsgemeinden, Lutheranische Kirchen, Baptisten, Mennoniten, Zeugen Jehovas, Heilsarmee, AME-Zion, Methodisten, Evangelistische Presbyteraner, Presbyterianer. Die Entwicklung ist nicht abgeschlossen. Religionen vermischen sich. Afrikanische Götter tragen christliche Namen. Die Moral orientiert sich an einem Götterbild, das dem christlichen nicht mehr verwandt zu sein scheint. Was während der Kolonialzeit noch heimlicher Protest war, erlangt Eigendynamik. Der afrikanische Synkretismus, die Vermischung von verschiedenen Religionen, Konfessionen und philosophischen Lehren, gewinnt an Ansehen. Als die Voodoo-Bewegung, Afrikas geheime Macht, erneut Fuß faßte, war die religiöse Identität des schwarzen Kontinents bereits deformiert. Die religiösen Auseinandersetzungen werden in aller Öffentlichkeit diskutiert. So bietet die Regierungszeitung „Daily Graphic" in den Monaten Januar und Februar 1994 den Kontroversen zwischen Traditionalisten und Christen ein Forum. (10)

> *„Wenn du in das Land kommst,*
> *das dir der Herr, dein Gott*
> *geben wird,*
> *so sollst du nicht lernen*
> *die Greuel*
> *dieser Völker zu tun,*
> *daß nicht jemand*
> *unter dir gefunden werde,*
> *der seinen Sohn*
> *oder seine Tochter*
> *durchs Feuer gehen läßt*
> *oder Wahrsagerei, Hellseherei,*
> *Geheime Künste*
> *oder Zauberei treibt*
> *oder Bannungen*
> *oder Geisterbeschwörungen*
> *oder Zeichendeuterei*
> *vornimmt oder*
> *die Toten befragt.*
> *Denn wer das tut,*
> *der ist dem Herr ein Greuel"*
>
> 5 Mose, 18, 9 — 12

Die Bevölkerung setzt sich aus ethnischen Gruppen der Sudaniden zusammen, aus dem Gebiet südlich der Sahara. „Bilad el Sudan" bedeutet, übersetzt aus der arabischen Sprache, „das Land der Schwarzen." Vier Hauptbevölkerungsgruppen sind bekannt: die Akan mit ca. 60prozentigem, die Mole-Dagbane mit ca. 16prozentigem, die Ewe mit ca. 13prozentigem und die Ga-Adangme mit ca. einprozentigem Anteil an der Gesamtbevölkerung. In der Waldzone und in der südlichen Hälfte des Landes leben die Akan, die nahezu das ganze Waldgebiet westlich des Volta bewohnen, die Ewe im Voltagebiet an der Grenze zu Togo und die Ga-Adangme, die in der Tiefebene von Accra herrschen. Im Norden Ghanas gibt es verschiedene kleinere Gruppierungen, die in der Hauptsache zu den Mole-Dagbane gehören.

Dort ist es im Februar 1994 zu blutigen Auseinandersetzungen gekommen, die weitgehend unter Ausschluß der Öffentlichkeit ausgetragen wurden. Nach einem Bericht von Holger E. Ehling (11) ist der Kampf um Landrechte zwischen Kokombas und anderen ethnischen Gruppen Nordghanas die Ursache für diese Auseinandersetzungen, bei denen 327 Dörfer dem Erdboden

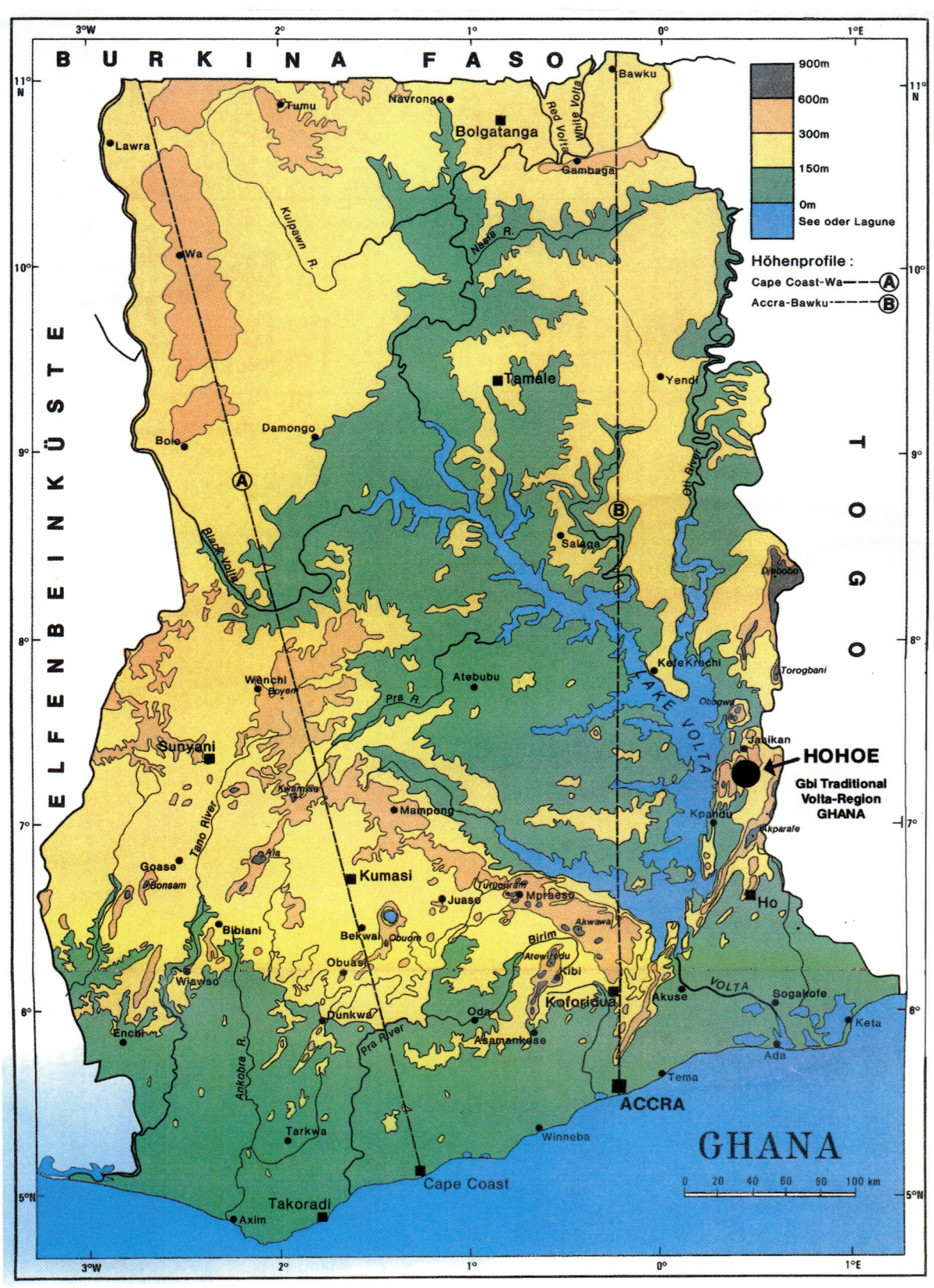

Die Oberflächengestalt Ghanas mit dem eingefügten Hohoe
(Quelle: National Atlas of Ghana 1973)

gleichgemacht wurden. Über 2 000 Menschen wurden getötet und 250 000 vertrieben. Nach monatelangen Bemühungen konnte eine Waffenstillstandsvereinbarung unterzeichnet werden.

Ghana ist immer noch ein Entwicklungsland mit vielen Problemen. So fehlt es an Industrie und an Perspektiven für die Landwirtschaft. Der Exportartikel Nr. 1 – Kakao – reicht nicht mehr aus, viele Arbeitsplätze auch außerhalb der Erntezeit zu sichern. Der Weltmarktpreis des wichtigsten Exportartikels sank auf ein Viertel des früheren Preises. Die geplante Industrialisierung und der Aufbau einer modernen Wirtschaft mußte mit Krediten erkauft werden, die zu einer explodierenden Schuldenlast führten. 1983 brach eine große Dürrekatastrophe über das Land herein. Der Cedi, die offizielle Landeswährung, mußte um 99 Prozent abgewertet werden. Nigeria schickte im gleichen Jahr über eine Million ghanesischer Gastarbeiter in ihre vom Hunger bedrohte Heimat zurück. Ghana stand vor dem Bankrott. 1983 schloß die Regierung einen Vertrag mit dem Internationalen Währungsfonds, IWF, und der Weltbank. Die geforderte Strukturanpassung führte zu einschneidenden Maßnahmen: Subventionen wurden gestrichen. Ein konsequenter Sparkurs zwang die Regierung, Staatsbetriebe zu privatisieren, den Handel und die Währung freizugeben. Viele wurden arbeitslos. Ohne Schuldenerlaß und ohne fairen Welthandel hat die Regierung heute keine Chance mehr. Sie muß der Bevölkerung immer neue Lasten aufbürden. Die 15 Millionen Ghanaer leben am Rande der Armutsgrenze trotz ihrer Bodenschätze: Mangan, Bauxit und Gold. Im Vergleich zu anderen afrikanischen Ländern sind die Chancen, die Misere zu meistern, trotzdem immer noch gut. So wurde durch das „beschleunigte Wachstumsprogramm" des Jahres 1993 der Export von Gold, Tropenhölzern und Kakao gesteigert. Doch der Preis dafür ist immer noch sehr hoch.

Auf der Suche nach Arbeit wandern junge Menschen in die Städte, so daß Accra mit nahezu einer Million Einwohnern aus allen Nähten zu platzen beginnt. Auch Kumasi mit 376 000 und Tema mit 131 600 Einwohnern – alle diese Städte liegen im Süden des Landes – stehen vor großen Problemen. Wohnungsnot und Arbeitslosigkeit diktieren den Alltag der Bevölkerung. Da auch der Tourismus unterentwickelt ist, sehen viele junge Ghanaer in der Auswanderung in andere Länder die einzige Alternative, zumal die Verdoppelung der Bevölkerung in einem Zeitraum von knapp 24 Jahren den Arbeitsmarkt vor unlösbare Probleme zu stellen scheint. Hinzu kommt die immer noch hohe Rate von 53 Prozent Analphabeten und eine niedrige Lebenserwartung, die bei der männlichen Bevölkerung bei 57 und bei der weiblichen Bevölkerung bei 62 Jahren liegt.

Nach der Statistik der Bundesasylbehörde haben 6 072 Ghanaer im Jahre 1992 Asylanträge in Deutschland gestellt. Über 2 705 dieser Anträge wurde entschieden, lediglich neun wurden bewilligt. Die Statistik der Asylbehörde für 1994 berichtet, daß von 76 gestellten Anträgen nur 23 behandelt und ausnahmslos abgelehnt worden sind. Die Einstufung als Wirtschaftsflüchtlinge zwang die Antragsteller zur Rückkehr nach Ghana. Gemessen an der Gesamtzahl der Asylbewerber von 438 191 im Jahr 1992 liegt der Anteil der ghanaischen Asylbewerber in Deutschland bei 0,02 Prozent. Dabei geht aus der 1990 im Auftrag des Bundesministeriums für Wirtschaftliche Zusammenarbeit (BMZ) von der Friedrich-Ebert-Stiftung durchgeführten Studie über Ghanaer in Deutschland und deren Qualifikation hervor: *„Erwerbstätige Ghanaer (26 Prozent aller in Deutschland lebenden Ghanaer) verfügen im Vergleich zu der Gruppe der Nichterwerbstätigen über umfassendere Kenntnisse und Erfahrungen bezüglich folgender Merkmale: fast alle haben längere Zeit in Ghana und in der Bundesrepublik gearbeitet, überdurchschnittlich viele haben in Ghana weiterführende Schulen besucht und dort eine Berufsausbildung abgeschlossen, in Deutschland eine Berufsausbildung absolviert und an Weiterbildungsmaßnahmen teilgenommen. Dies trifft zwar auch auf Arbeiter, überwiegend aber auf Fach- und Vorarbeiter, Meister, Angestellte und Selbständige zu. Unter ihnen befinden sich besonders viele Akademiker. Hinsichtlich zuvor genannter Merkmale sind diese zuletzt genannten Gruppen als die am umfassendst qualifizierten anzusehen."* (12)

„Philemon und Baucis" vor ihrem aus Lehmmörtel, Holzstangen, Getreidestroh und Gräsern errichteten Haus

Küche unter freiem Himmel. In den Hütten ist dafür kein Platz

Die Geschichte Ghanas ist gekennzeichnet durch die Versuche von Portugiesen, Franzosen, Niederländern, Briten, Schweden, Dänen, Brandenburgern an der Küste Fuß zu fassen und die Landesschätze Gold, Manganerze, Industriediamanten, auszubeuten. Mitte des 19. Jahrhunderts rivalisieren nur noch Briten und Niederländer, denen die Briten 1872 ihre Niederlassungen abkaufen.

> ### Daten zur Geschichte
>
> Um **1450** ist der Sklavenhandel an der westafrikanischen Küste fest etabliert. **1482** Die Portugiesen gründen die befestigte Faktorei Elmina (St. Georges-de-la-Mine) an der Goldküste. **1484** Der portugiesische Botschafter João d'Aveiro trifft am Hof von Benin ein. **1517** Der Sklavenhandel nach Amerika beginnt. **1604** Der Bai (König) der Temne in Sierra Leone tritt zum Katholizismus über. **1680** Das Königreich Ashanti wird gegründet. **1695** Osei Tutu, Ashanti-König bis **1731**, gründet die Ashanti-Union (Goldener Stuhl). **1787** Die Briten siedeln freigelassene Sklaven aus Amerika in Monrovia/Liberia an. **1822** Die ersten Amerikaner kommen nach Liberia. **1826** Die Ashanti werden in Dodowa besiegt. **1828** Die Basler Mission beginnt mit der Arbeit an der Goldküste. **1847** Die Republik Liberia wird ausgerufen. **1850** Die Briten kaufen die dänischen Forts an der Goldküste auf. **1864** Der Brite Rev. Samuel Crowther wird anglikanischer Bischof in Nigeria. **1884–1885** Auf der Berliner Kolonialkonferenz stimmen die europäischen Mächte Großbritannien, Frankreich, Deutschland, Belgien, Italien, Portugal und Spanien ihre kolonialen Interessen und Grenzziehungen in Afrika ab. **1888** Das Yoruba-Land wird britisches Protektorat. **1895** Das Generalgouvernement Französisch-Westafrika wird gegründet. **1901** Ashanti wird britische Kronkolonie. Zwischen **1900** und **1920** befestigen die europäischen Mächte ihre Kolonialherrschaft und bauen die traditionellen Autoritäten nach dem Prinzip der „indirekten Herrschaft" in ihr System ein. **1920** Großbritannien und Frankreich teilen Togo unter sich auf. Obervolta (Burkina Faso) und Niger werden französische Kolonien. **1957** Ghana wird unabhängig.
>
> *Nach: Peter Garlake: The Kingdoms of Africa, El Sevier Phaidon 1978, S. 117–136;*
> *Basil Davidson: Afrika. Geschichte eines Erdteils, Ariel Verlag, Frankfurt 1966, S. 203–42, 276–293:*
> *Zusammenstellung: R. Freise*

Liberale Intellektuelle, wohlhabende Kaufleute – der ghanaische Markt wird mit Beginn der Industrialisierung Europas von mehreren Handelsgesellschaften entdeckt – und vor allem die Landeskönige und Stammesfürsten verstehen es, die Unabhängigkeitsbestrebungen der Bevölkerung zu bündeln und organisierten Widerstand gegen die Kolonialherren zu etablieren, bis der in den USA promovierte, aus dem Südwesten Ghanas stammende Sohn eines Goldschmiedes und einer Bäuerin, Kwane Nkrumah, mit seiner 1949 gegründeten „Convention People's Party" (CPP) und seiner Forderung „Independence NOW" die Massen mobilisiert. Nach den ersten allgemeinen Wahlen präsentiert er 1952 die Regierung der Goldküste. Schon zwei Jahre später sitzen mit Ausnahme des britischen Gouverneurs als einzigem Europäer nur noch Afrikaner in der Regierung. 1957 wird Nkrumah der 1. Präsident des unabhängigen Ghana. Ein Jahr später findet in Accra die erste „Konferenz der afrikanischen Völker" statt. Als 1962 die „Organisation Afrikanischer Einheit" (OAU) in Addis Abeba tagt, ist Nkrumah ihr erster Präsident.

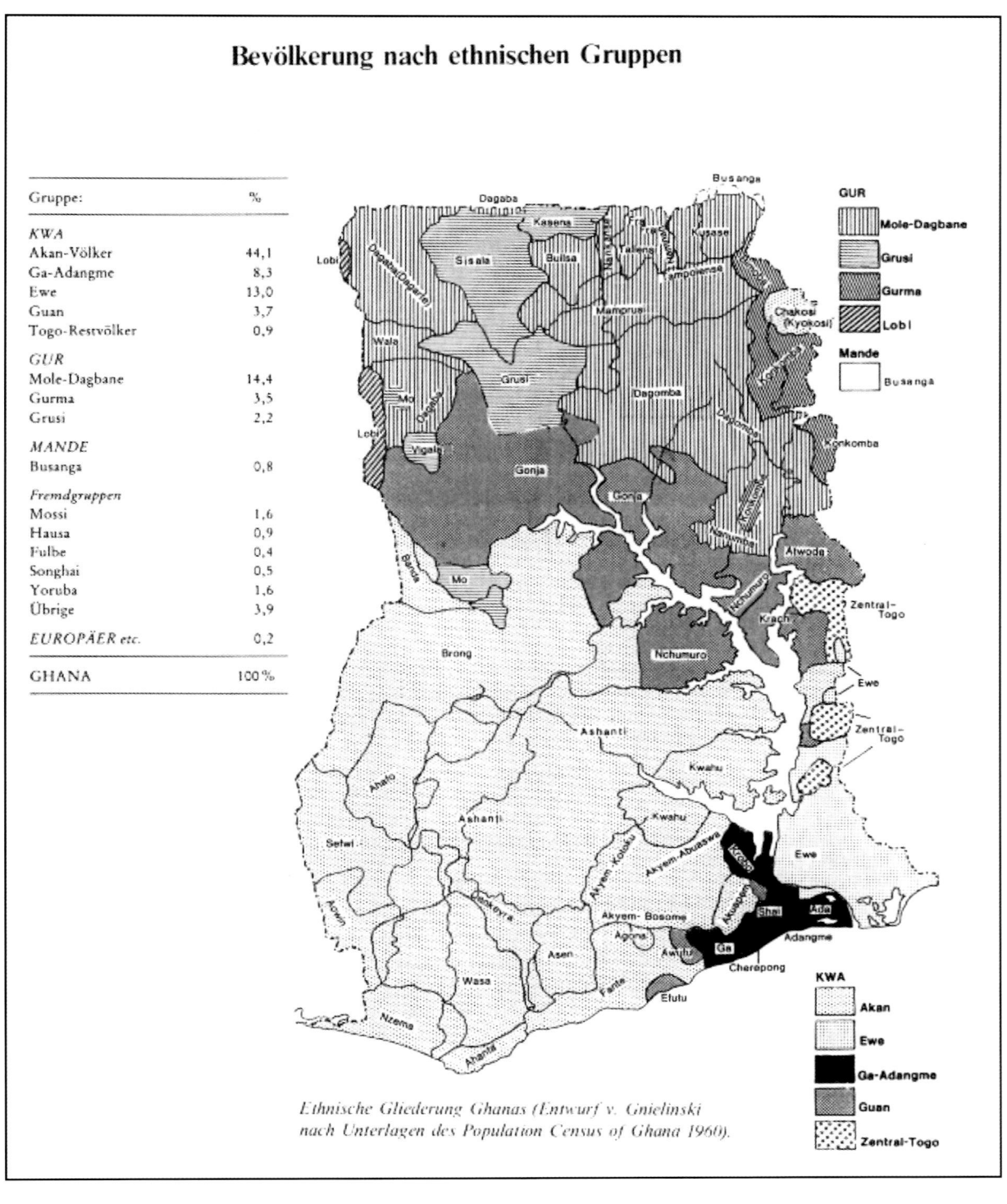

Ethnische Gliederung Ghanas (Entwurf v. Gnielinski nach Unterlagen des Population Census of Ghana 1960).

Könige in Afrika

...idieren in prachtvollen Palästen ...mburgen... die Traditionen, führen Stammeskriege oder suchen Anschluß an moderne Wirtschaftsformen. Sogar ein Deutscher ist darunter

Huldigung des Monarchen aus Deutschland: Beim Agbogbodza-Fest („Feier an der Mauer") tritt Cephas Bansah als „Höchster Spiritueller König aller Ewe" vor sein Volk (r.). Aus diesem Anlaß schlüpfen junge Männer in Graskostüme, führen Kriegstänze vor, spielen gefährliche Jagden und überlieferte Abenteuer nach (o. l.). Ghana – das bedeutet noch immer Gold aus der ertragreichsten Einzelmine der Welt. Zur Gewinnung des Edelmetalls wird moderne Technik eingesetzt (o. r.)

Zulu-König Goodwill Zwelithini ist der achte Herrscher seines Volkes. Der Ingonomia („Löwe der Zulu") tritt je nach Anlaß entweder im traditionellen Leopardenfell (o.) oder im Nadelstreifen-Zweireiher auf

ZUR SENDEREIHE — ZDF
„Könige in Afrika"
1. Folge: „Karawanen nach Kano"
4. 2., Sonntag, 19.30 Uhr
Dauer: 45 Min. ShowView: 33-758

2. Folge: „Ghanas Goldene Legende"
11. 2., Sonntag, 19.30 Uhr

3. Folge: „Märchenland Marokko"
18. 2., Sonntag, 19.30 Uhr

4. Folge: „Der Löwe der Zulu"
3. 3., Sonntag, 19.30 Uhr

rechts:
Céphas Bansah präsentiert dem ZDF-Kamerateam die Insignien seines Amtes

1966 wird Nkrumah von der Armee gestürzt. Ghana, dank guter Weltmarktpreise für Kakao, Gold und Diamanten am Vortag der Unabhängigkeit die reichste Kolonie Afrikas, steht durch die ehrgeizigen Projekte Nkrumahs am Rand des Ruins. Die Preise steigen ins Uferlose. Die Inflation stürzt die Ghanaer ins Unglück. Nach Jahren der Mißwirtschaft und einer unfähigen Militärdiktatur übernimmt Jerry John Rawlings 1981 die Regierungsgeschäfte und sorgt nach Stagnation und Rückschritt für kontinuierliche Zuwachsraten von über sechs Prozent des jährlichen Bruttosozialproduktes. Die demokratische Erneuerung des Landes veranlaßt im Mai 1993 Bundesaußenminister Klaus Kinkel, alle deutschen Botschafter in Afrika zu einer dreitägigen Konferenz nach Accra einzuladen. Er setzt gegenüber allen anderen afrikanischen Staaten ein Signal, weil er damit Ghana als afrikanisches „Musterländle" auszeichnet.

Unabhängig davon wird es in Ghana, bedingt durch die bereits geschilderten Ereignisse, nach Meinung der Experten noch fünfzig Jahre dauern, bis die Armutsgrenze überwunden sein wird. Unter diesen Voraussetzungen ist jetzt in Ghana vor allem politische Stabilität gefragt und gefordert. Ghana, in neun Regionen und in einen Distrikt eingeteilt, an deren Spitze Sekretäre stehen, ist nur dem Namen nach eine Republik. Denn die zehn Provinzen werden von Königen regiert, deren Zuständigkeit bei Stammes- und sozialen Themen nicht angezweifelt wird. So wurde denn auch der Kampf Ghanas um die Unabhängigkeit von den Monarchen der verschiedenen Volksgruppen organisiert.

Jeder Omanhenne (König oder Königin) wird vom Adehye (Adel) samt Asafo (Hofgarde) unterstützt. Dann folgen die Gebietskönige (Ahemfo) und die Ortskönige, die – den Bürgermeistern hierzulande vergleichbar – für die täglichen Angelegenheiten zuständig sind. Ohne deren Mitwirkung und Entscheidung läuft trotz parlamentarischer Demokratie in Ghana nichts. Alle gesetzgeberischen und administrativen Belange sind in einer Hand vereinigt. Ghanas Multikulturen funktionieren dank der beratenden Funktion der Monarchie. Nur dank der übernommenen Autoritätsstrukturen, der Zugehörigkeit der Bevölkerung zu Stämmen und Clans, ist die Stabilität der sozialen Strukturen gewährleistet. Besondere Bedeutung gewinnt die Blutsverwandtschaftsgruppe (Lineage), die ihre Abstammung auf einen gemeinsamen Ahnen in noch überschaubare Vergangenheit, d. h. drei bis fünf Generationen, zurückführen kann. Bei mehr als fünf Generationen und fehlenden genealogischen Gliedern spricht man von Sippe.

> Die traditionellen Gebietsherrscher behielten vor allem die Gerichtsbarkeit in ihren Regionen. Das gilt bis heute. Darüberhinaus nehmen sie im modernen Ghana an der politischen Willensbildung teil. Neben dem Parlament bilden sie nach dem britischen Vorbild als „House of Chiefs" eine Art Oberhaus.
>
> *Joseph Ki-Zerbo 1979: Die Geschichte Schwarzafrikas. Hammer Verlag. Seite 286—291, 486, 531*

„Die soziale Einbindung in das System der Lineage ist die Grundlage jeder menschlichen Existenz. Sie bietet Geborgenheit und Zuflucht in allen Krisen und fordert als Gegenleistung strikte Autorität des Linienältesten sowie Unterordnung individueller Wünsche gegenüber den Erfordernissen der Gemeinschaft. Diese Autorität hat eine starke sakrale Komponente, denn der Linienälteste ist als Bindeglied zu den Ahnen sowohl Garant ihrer Kraft als auch Wahrer der von ihnen

■ ZUR SENDUNG

Majestät & Meister: „Bei mir ist nicht nur der Kunde König!", lacht Céphas Bansah

„Könige in Afrika": BILD+FUNK verlost 10 Bücher zur ZDF-Reihe (vgs-Verlag, 39,80 DM). Nach welchem Ritual wurde Bansah gekrönt? Coupon: S. 92

Bansah in seiner Kfz-Werkstatt. Nebenbei sammelt er alte Autoteile, Computer, Fahrräder und Rollstühle für sein Land

Majestät im „Blaumann"

Warum der Ghana-König Céphas Bansah in Ludwigshafen Autos repariert

Ein kurzer Blick unter die Motorhaube, dann weiß Céphas Bansah (47) Bescheid: „Die Verteilerkappe leckt. Da muß 'ne neue rein." Doch gerade als er den Schraubenschlüssel ansetzt, läutet das Telefon. „Chef", ruft jemand im Hintergrund. „Gespräch aus Afrika."

Bansah eilt in die Küche, greift zum Hörer. Sein Bruder Fridolin (51) aus Ghana ist dran. Es geht um Bewässerungsprobleme, die Bananen-Ernte und den Bau einer neuen Brücke. Als Bansah auflegt, muß er lachen. „Ja, so ist das, wenn man zwei Jobs gleichzeitig macht."

Das Doppelleben des Céphas Bansah ist wirklich ungewöhnlich. So ungewöhnlich, daß das ZDF ihn porträtiert („Könige in Afrika", Folge 2, 11. Februar). Denn der Afrikaner mit dem lustigen Pfälzer Dialekt und eigener Kfz-Werkstatt in Ludwigshafen ist – ganz nebenbei – ein echter König. Per Telefon und Fax regiert Seine Majestät über 18 Häuptlinge und 260 000 Untertanen in Afrika. Sein Reich – die Hohoe Gbi-Region in Ghana – ist so groß wie Rheinland-Pfalz.

Mindestens zweimal im Jahr düst der Hobby-Handballer (SV Ludwigshafen) selbst auf den Schwarzen Kontinent. Natürlich nicht im Blaumann. Als Monarch trägt man die Kete – das Königsgewand. Auch die Baseball-Kappe, die Bansah so gern beim Tüfteln trägt, verschwindet während der „Regierungszeit" im Schrank. Den Kopf schmückt dann eine Blütenkrone aus purem Gold.

Vor 25 Jahren kam Céphas als Austausch-Student nach Deutschland. „Damals war alles so fremd für mich. Die Sprache, die Menschen, die Technik", erinnert sich Bansah. Und die Kälte. „Ich landete hier mitten im Winter und fror mich fast zu Tode. Schnee kannte ich ja nicht."

Gegen die Kälte schützt er sich noch heute mit einer dicken Pudelmütze, ansonsten hat er sich prächtig akklimatisiert. In Abendkursen paukte er Deutsch, machte seinen Landmaschinen-Meister, setzte den Kfz-Meister obendrauf (Note: „sehr gut") und eröffnete eine Werkstatt mit fünf Angestellten. Auch privat klappte alles wie am Schnürchen. In

So., 4. Februar, 19.30 Uhr
ZDF
„Könige in Afrika" – Vierteilige Dokumentation
Sendelänge: 45 Minuten

Gabriele (43) fand er seine große Liebe. Die blonde Computer-Expertin schenkte ihm zwei Kinder (Carlo, 16, und Katharina, 13).

Daß er vor drei Jahren nach altem Voodoo-Ritual zum König gekrönt wurde, verdankt er dem Umstand, daß Vater und Bruder Linkshänder sind. „Die linke Hand gilt bei uns als unrein. Weil ich Rechtshänder bin, wurde ich von den Stammesältesten ausgewählt." Die Last des Herrschens merkt Céphas jetzt vor allem an der Telefonrechnung. „1000 Mark kommen immer zusammen", stöhnt der Monarch. Doch obwohl seine Frau Gabriele „schon ganz gerne Königin in Afrika" wäre – unterm Baldachin und von Dienern umsorgt –, will Céphas lieber in Ludwigshafen bleiben. „Was soll ich in Ghana?" lacht der König. „Ich bin doch ein alter Pfälzer!" *Sylvio Maltha*

überkommenen Gesetze und Riten. So erübrigt sich weitgehend jeder physische Zwang. Ungehorsam erregt sowohl den Zorn der Ahnen, die mit Mißernten, Unfruchtbarkeit, Krankheit und Tod strafen, als auch die kollektive Mißbilligung der Gemeinschaft, die von Spott über Verachtung bis zum Ausschluß des Betroffenen führen kann." (13)

Anmerkungen:

(7) Jerry J. Rawlings in einem Interview mit der Zeitung „West Africa" 1/1994, Seite 15—17.

(8) Carola Lentz: Sozio-kulturelle Kurzanalyse Seite 4—7, 1993, Institut für Ethnologie, Freie Universität Berlin, in Zusammenarbeit mit dem Institut für Afrika-Kunde, Hamburg, sowie Fischer Weltalmanach · Zahlen, Daten, Fakten '94

(9) Zitiert aus dem ARD-Monatsjournal: Hommage an die afrikanische Frau. Ein Film von Luc Leysen. Auslandskorrespondenten beschreiben die Lebenssituation von Frauen in aller Welt. An fünf Montagabenden in der Zeit vom 22. Mai 1989 bis 26. Juni 1989

(10) T. T. Tackie-Yarboi: Religionsfreiheit. Zu einer Kontroverse zwischen Christen und Traditionalisten. In: Daily Graphic vom 15.2.1994, Seite 7; Übersetzung und Bearbeitung: R. Freise (gekürzt). In: Fakten, Aspekte: Ghana (eins), Stuttgart 1995, Seite 63

(11) Holger E. Ehling, freier Journalist und Herausgeber der in Amsterdam erscheinenden Zeitschrift für afrikanische Kultur „Matatu", März 1994, zitiert in: Die Erde ein Haus für alle Menschen. Ideen und Informationen Arbeitsheft zum Weltgebetstag 1995, Seite 22—26.

(12) Lebens- und Arbeitssituation von Ghanaern in der Bundesrepublik Deutschland, Friedrich-Ebert-Stiftung, Abt. Arbeits- und Sozialforschung, 1990, Seite 13. Zitiert von Dr. Frank Kwawu-Codjoe, Wissenschaftlicher Angestellter bei dem Ausländerbeauftragten des Senats der Freien und Hansestadt Hamburg, 10. Juni 1994.

(13) Stefan von Gnielinski: Ghana. Tropisches Entwicklungsland an der Oberguineaküste. Wissenschaftliche Buchgesellschaft Darmstadt, 1986, Seite 112—113.

Weiterführende Literatur über Ghana:

Angela Christian: Facetten der Kultur Ghanas. Books on African Studies. Jerry Bedu Addo, Schriesheim/Heidelberg, 1992;

Jojo Cobbinah. Ghana. Praktisches Reisehandbuch für die Goldküste Westafrikas. Peter Meyer Reiseführer, Frankfurt am Main, 1993;

Ghana. Fakten, Bilder, Aspekte. Hg. Evangelisches Missionswerk in Südwestdeutschland e.V., Stuttgart 1994. Redaktion: Reinhilde Freise, Bildredaktion und Gestaltung: Martina Waiblinger. Beratung durch: Peter Kodjo/PCG, Bernhard Dinkelaker/EMS;

Rose Haferkamp: Afrikaner in der Fremde. Lehrjahre zwischen Wunsch und Wirklichkeit. Trickster Verlag, München 1989;

Afua Kuma: Du fängst das Wasser in deinem Netz. Lobgesänge und Gebete aus Ghana. Verlag der Ev.-Luth. Mission, Erlangen, 1987;

Adinkra. Symbolsprache der Ashanti. (Hg.) Haus der Kulturen der Welt. Berlin 1994; Seite 12—16

Afrikaner auf der Flucht. In: Flüchtlinge – Prüfstein weltweiter Solidarität. Misereor, Aachen 1994, Seite 1—19

Das Hoheitszeichen des Togbui Ngoryfia Kosi Olatidoye Céphas Bansah, König von Hohoe, Gbi Traditional Ghana, symbolisiert die Hilfsbereitschaft des Königs gegenüber seinen Untertanen. Er hilft ihnen, auf die Bäume zu steigen, damit sie die Früchte ernten können, die ihre Nahrung sichern. Das Voodoosike im grünen Feld schützt vor der Mordlust des Krokodils

Das Volk der Ewe und seine Rituale in Ghana und Togo

Die Ewe sind mit einem Bevölkerungsanteil von nur knapp 13 Prozent in Ghana aber mit rund 44 Prozent in Togo vertreten. Die Geschichte dieses Volkes gleicht einer Wanderkarte. Von Nigeria ließen sie sich am Mono nieder, spalteten sich in Fon, Ewe, Adjas. Die Fon gründeten die Königreiche in Benin, die Ewe wanderten nach Notsé, von dort vertrieben, gründeten sie Palimé, Atakpamé, Lomé und die Lagunendörfer. 1919 wird die deutsche Kolonie Togo in eine englische und französische Mandatszone geteilt. Doch die Ewe, die in Ghana im Voltagebiet und im Süden Togos leben, fanden sich mit der Teilung nicht ab. Während des Zweiten Weltkrieges gründeten sie die „All Ewe Conference", die alljährlich in Notsé (Togo) tagt und 1995 Céphas Bansah zum „Superior and Spiritual Chief of the Ewe People" krönt.

Die seit dem 17. und 18. Jahrhundert im Gebiet von Dahomey (heute Benin), Togo und Ost-Ghana ansässigen Ewe organisieren sich in kleinen Königtümern, die ein förderatives System bilden. Sie verehren die gleichen Gottheiten, achten die gleichen Tabus und identifizieren sich mit dem goldenen Stuhl als Zeichen von Würde und Macht. Der Stuhl steht zugleich auch als Sinnbild für die Einheit des Clans mit den Vorfahren. Von diesem Stuhl aus werden die Riten der Ahnenverehrung geleitet. Heute repräsentieren diese Stühle für weite Teile des Ewe-Volkes nur noch Symbole einer sterbenden Tradition, zumal die Funktion der Häuptlinge und Könige sich nur noch auf religiöse und rituelle Bereiche wie die Organisation des Yamsfestes sowie auf die Schlichtung von Streitigkeiten konzentriert.

Dem über mehr als zwei Jahrzehnte im Ewe-Land lebenden Missionar Jakob Spieth von der „Norddeutschen Missionsgesellschaft" verdanken wir ausführliches „Material zur Kunde des Ewe-Volkes" in der damaligen deutschen Kolonie Togo. In seiner Dokumentation „Die Ewe-Stämme" (14) informiert er über Geschichte und Rechtsverhältnisse, über das soziale und wirtschaftliche Leben der Stämme von Ho, Matse und Taviewe, und vermittelt einen Überblick über das Geistesleben dieses Volkes. In einer weiteren Dokumentation analysiert Jakob Spieth „Die Religion der Ewer in Süd-Togo" (15).

Der größte Teil der zuerst genannten Dokumentation, mit denen der Verfasser an der Universität Tübingen promoviert wurde, ist in der Landessprache der Ewe mit deutscher Übersetzung geschrieben. Dadurch ist gewährleistet, daß keinerlei Deutungen und mögliche Fehlinterpretationen den Inhalt der Überlieferungen verfälschen. Die Berichte und Erzählungen der Häuptlinge, Priester und Medizinmänner sind in der Ewe-Sprache protokolliert und ins Deutsche übersetzt. Die Namen der Berichterstatter sind aufgeführt. Allerdings: *„Für die Sicherstellung der Erzähler gegen etwaige Vorwürfe ihrer Landsleute mußte durch Abkürzung ihrer Namen Sorge getragen werden."* (So Spieth im Vorwort seiner Dokumentation über die Ewe-Stämme).

Die in mehr als 100 Stämme unterteilten Ewe führen ihre Gemeinsamkeit nicht nur auf ihre Sprache mit vielen Dialekten, sondern vor allem auf die gemeinsame Herkunft von Oyo im westlichen Nigeria zurück. Die ländliche Bevölkerung lebt in der Volta-Region von Ghana und im Süden von Togo in Großfamilien. Das wirtschaftliche, politische und religiöse Leben der bäuerlichen Ewe ist von der Patrilineage geprägt, jener Bezeichnung einer Sozialeinheit (Clan), deren Angehörige alle von einem gemeinsamen väterlichen Ahnen abstammen. Obwohl die Mitgliedschaft durch Geburt erworben wird, konnten früher auch Fremde Mitglieder eines Clans werden. Verheiratete Frauen bleiben jedoch Angehörige ihres väterlichen Clans und werden nicht in den Clan ihrer Ehemänner aufgenommen. Das Oberhaupt der Lineage verwaltet den Besitz, schlichtet Streitigkeiten

*Die Medizinfrau des Königs Céphas Bansah, gekennzeichnet durch „weiße Erde",
bemüht zum Schutz vor allem Übel Voodoo*

*Wie jeder andere König in Ghana verfügt auch Céphas Bansah in Hohoe
über einen Hofstaat*

Togbui Ngoryifia Kosi Olatidoye Céphas Bansah und die Stammeshäuptlinge

Das höfische Zeremoniell erfordert die Präsenz der Krieger

und repräsentiert die Lineage in allen Angelegenheiten. Gegenseitige Hilfeleistung innerhalb der Sozialeinheit ist oberstes Gebot, zumal das Land und die Wasserläufe gemeinsamer Besitz sind und für das Wohlergehen der Nachkommen gehegt und gepflegt werden. Alle müssen ihren Teil dazu beitragen, die Familie stark und einig zu machen.

Jungen und Mädchen wachsen gemeinsam im Haus ihrer Eltern auf. Die einzelnen Gehöfte sind zumeist im Kreis angeordnet und mit Mauern aus Lehmmörtel, Holzstangen, Getreidestroh und Gräsern errichtet. Lehm ist billig und ermöglicht einen guten Ausgleich der Temperaturverhältnisse. Tagsüber bleibt die Hitze draußen. Nachts erkalten die Räume nicht so schnell. Neuerdings werden die Rundhütten mit Kegeldach oder auch die einfachen Rechteck-Hütten mit Wellblech bedeckt. Auch Zement, das Baumaterial des weißen Mannes, wird als Statussymbol verwendet. Dadurch werden nicht nur die Dörfer verschandelt, sondern auch für die Bewohner die Temperaturverhältnisse verändert. Weil Einpersonenhäuser mehr oder weniger unbekannt sind, leben die Ewe-Gruppen in Großfamilien zusammen. Der bevorzugte Platz steht dem Oberhaupt zu. Darum gruppieren sich die Hütten seiner Frauen oder jeder seiner Söhne mit ihren Kindern. Die Wohnungseinrichtung ist einfach und zweckmäßig. Geflochtene Matten und hölzerne Kopfstützen markieren die Schlafplätze. Tische, Schemel und Regale vervollständigen nebst Transistorradio, Kühlschrank und gelegentlich auch Fernseher die Ausstattung der Räume.

Die Mädchen heiraten kurz nach ihrer Pubertät, die jungen Männer zumeist mehrere Jahre später, so daß der Altersunterschied zwischen den Ehepartnern oft mehr als zehn Jahre beträgt. So kann ein Mann ein Mädchen heiraten, das mehrere Jahrzehnte jünger als er ist. Es gibt kaum einen Mann, der eine ältere Frau heiratet. Die Verbindung zwischen Verwandten wird gefördert, also auch die Ehe zwischen Geschwisterkindern. Vor der Hochzeit bietet der Mann den Eltern der Braut Geschenke an, die alle angenommen werden müssen, gleichgültig, ob es sich um Bargeld, Kleidung oder alkoholische Getränke handelt. Dann beginnt die Hochzeitszeremonie, in deren Verlauf die Trauung vollzogen wird. Mit der Heirat besitzt der Mann das Recht, sich der Dienste seiner Frau zu bedienen. Sie beansprucht das Recht auf Schutz und Unterhalt sowie auf Befriedigung ihrer sexuellen Bedürfnisse, auch wenn ihr Mann mit mehreren Frauen eine Verbindung eingeht. Großfamilien sind keine Ausnahme.

Die Frauen versorgen die Märkte mit frischen Produkten des täglichen Bedarfs, mit Stoffen und mit Töpferwaren. Sie sind nicht verpflichtet, finanziell zum Unterhalt der Familie beizutragen, schaffen sich jedoch damit Freiräume und finanzielle Unabhängigkeit, zumal sie sich bei der weitverbreiteten Vielweiberei zumeist selbst überlassen sind. Männer, die sich zu sehr an das Haus binden, werden als „Küchenmann" denunziert. Deshalb gehen sie oft ihre eigenen Wege und kümmern sich daher weniger um die Kindererziehung, suchen weit entfernt liegende Felder auf, fischen in Fanggründen außerhalb des Einzugsgebietes oder verdingen sich in der Nachbarschaft als Tagelöhner. Und dies obgleich die Frauen der bäuerlichen Ewe tagsüber im Hackbau oder Wanderfeldanbau stark beansprucht sind und damit die Grundnahrung sicherstellen: mit Yams, Reis und Mais. Auch die Tierhaltung ist die Aufgabe der Frauen. An Kleinvieh werden Schafe, Ziegen, Schweine, Hunde und Hühner gehalten. In der Volta-Region spielt ebenso wie in den Küstenregionen der ausschließlich von den Männern ausgeübte Fischfang eine große Rolle.

Handwerk wie Spinnerei und Weberei sowie Keramik ist mehr oder weniger die Domäne der Frauen. Von Hand gewebte Stoffe mit vielen Farbkombinationen und komplizierten Mustern, die zunächst nur für Stammeshäuptlinge und Könige reserviert waren, werden heute als Festgewänder getragen und auf den Märkten feilgeboten. Obwohl Kleider bevorzugt werden, die bis zum Boden reichen, gibt es keine Kleiderordnung. Frauen müssen nicht in langen Röcken erscheinen, Männer müssen nicht den Fugu tragen. Aber Kopftücher sind für Frauen obligatorisch. Weil keine Frau,

Der älteste Voodoo-Stein der Ewe-Völker in Notsé (Togo) vermittelt seit Jahrtausenden den Glauben an übernatürliche Kräfte

Das Protokoll schreibt vor: Bei jeder Audienz sitzt ein Kind zu Füßen des Königs. Bevor Bittsteller angehört werden, müssen sie ihr Anliegen einem Wächter vortragen

die etwas auf sich hält, auf eine buntes, gekonnt gewickeltes Kopftuch verzichten will. Für die Männer hingegen ist der Fugu mit seinen ornamentalen Stickereien eine hohe Auszeichnung.

Für den Außenstehenden dienen die Verzierungen nur dekorativen Zwecken und beeindrucken durch ihren ästhetischen Reiz. Für die Ewe-Frauen dienen diese dekorativen Verzierungen der nonverbalen Kommunikation. Sie dokumentieren wie Musik, Tanz und Gestik die Werte und die Geschichte der Ewe. Einfache geometrische Motive gleichen den Verkehrszeichen der Zivilisation. Ihr Signalcharakter ist für die Afrikaner von tiefer Bedeutung (siehe auch Seite 22/23).

Musik und Tanz sind eng mit dem Leben, auch mit dem religiösen Leben, verbunden. Afrikanische Musik ist Volksmusik. Alle sind beteiligt: Singen, tanzen, trommeln, klatschen ... Es gibt keine passive Teilnahme. Auch nicht in den Gottesdiensten. Die Lieder werden nicht notiert, sondern mündlich weitergegeben. Sie unterliegen ständigen Variationen und damit Veränderungen. Oft werden sie im Wechsel gesungen zwischen Vorsänger und Chor oder zwischen der Gemeinde und der Vorsängerin. Begleitet von Händeklatschen und Fußstampfen steigern sich die rhythmischen Gesänge in unablässigen Wiederholungen bis zur Ekstase. Trommeln, Rohr, Rassel und Tambourin instrumentieren den Rhythmus. Wobei der Trommel als Instrument des Lebens die größte Bedeutung zukommt. Trommeln begleiten nicht nur jedes Fest, Trommeln verkünden und sprechen, drücken Gefühle aus, signalisieren Freude und Angst, Furcht und Hoffnung. Jeder junge Afrikaner baut sich eine eigene Trommel. Und jedes kleine afrikanische Mädchen übt sich im Tanz.

Die starke und einigende Kraft religiöser Bräuche wird als Damm gegen die Mobilität der modernen Arbeitswelt errichtet. Ob dieser Damm von der neuen Zeit überflutet wird, scheint mehr als fraglich. Denn auch in den Ghettos der aus dem Boden schießenden Städte hält Voodoo Einzug. Hier wie in knapp drei Viertel aller menschlichen Gesellschaften glaubt man an die Existenz von Geistern. *„Wesen, die gewisse Menschen in Besitz nehmen, besonders nachts aus ihnen herausleuchten und die Fähigkeit verleihen, den Körper nach Belieben zu verlassen"*, zitiert Missionar Jakob Spieth dieses Phänomen und fährt fort: *„Ein von einer Hexe in Besitz genommener Mensch kann etwa seinen Körper verlassen, um bei verschlossenen Türen in den Schlafraum einzudringen und den nächtlichen Schläfern das Blut auszusaugen. Er kann auch auf einen Baum hinauffliegen, um dort wie ein Teufel zu leuchten und hernach sich wieder mit seinem Körper vereinigen. Auch in Bächen und Flüssen schwimmt der verhexte und von seinem Körper befreite Mensch, wo er die Fische so anzieht wie ein Magnet das Eisen. Ein als Hexe verschrieener Mensch wurde in früheren Zeiten verbrannt oder auf andere Weise getötet, gegenwärtig kann er nur noch von der öffentlichen Meinung gebrandmarkt werden."* (16)

Es fehlt nicht an exorzistischen Ritualen, die Besessenen zu heilen, ihnen ihr Außersichsein auszutreiben. Exorzismus, das aus dem Griechischen stammende Wort heißt Beschwörung. Dem Dämon wird befohlen, sein Opfer zu verlassen. Obwohl viele aus dem Volk Ewe Christen geworden sind, vertrauen sie den Ritualen ihrer Ahnen. Zumal auch die Priester der katholischen Kirche seit dem 3. Jahrhundert die Taufpaten befragen *„Widersagst du dem Teufel und allen seinen Werken?"* Worauf die Taufpaten zu antworten haben: *„Ich widersage."*

So ist durch Erlaubnis des Ordinarius *„einem durch Frömmigkeit, Klugheit und unbescholtenen Lebenswandel ausgezeichneten Priester"* das Exorzieren übertragen, *„wenn er sich durch eifriges und kluges Nachforschen überzeugt hat, daß ein in der Tat vom Teufel Besessener exorziert werden muß."* (17) Priester, die mit dem Rosenkranz die Dämonen beschwören, ihr Opfer zu verlassen, beten: *„Dämonum vires abigens tremenda"* (alle Teufel flüchten entsetzt) und fügen hinzu: *„Audi ergo, Satana. Exorcitio te, in nomine Domini nostri Jesu Christi"*. (Höre nun, Satan, ich treibe dich aus im Namen Christi)

Ein Tuch für viele Zwecke

Für die meisten Frauen Afrikas ist ein Baumwolltuch das wichtigste Bekleidungsstück.
Es ist so lang wie zwei ausgestreckte Arme (150 cm) und zumeist
mit herrlich bunten Motiven bedruckt.

als Schultertuch

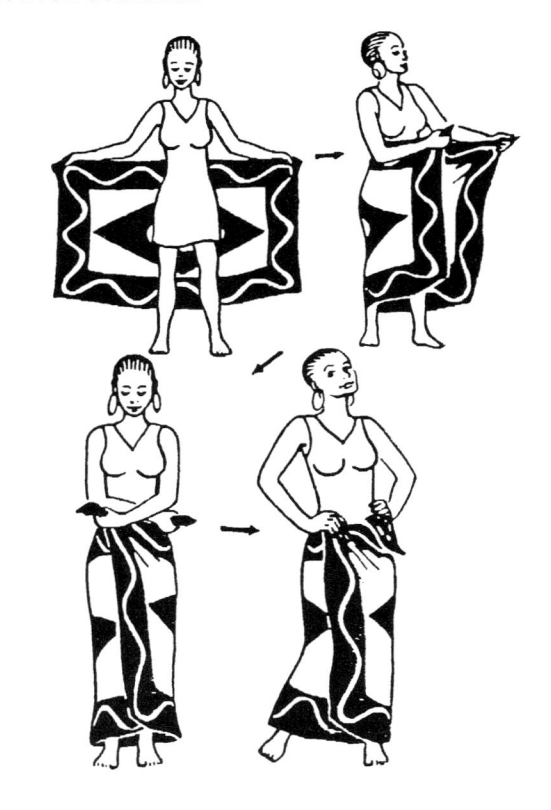

als Rock

als Tragetuch für das Baby

als Kopfunterlage für schwere Lasten

Die Ewe behelfen sich mit der Zauberei und begründen dies wie folgt: „*Gott selbst hat den Zauber zu dem Zwecke gesandt, daß er den von Gott erschaffenen Menschen auf dieser Erde Hilfe leisten soll. Gott wohnt ja nicht auf dieser Erde, und wenn irgend etwas an den Menschen kommt, so kann man nicht schnell zu Gott laufen und ihn um Hilfe bitten. Deswegen gab er den Menschen den Zauber, damit dieser ihnen an seiner statt Hilfe leiste ... Männer und Frauen sind deswegen der*

Das Zauberkleid der Hoer

König von Ho mit Feldhauptmann im Kriegsschmuck

„Wie alle anderen *Eweer*, so machen auch die *Hoer Busu*[1]), ehe sie in den Krieg ziehen. Bevor sie aufbrechen, um in den Krieg zu ziehen, muß ein hierzu bestimmter Mann sich ein schönes Kleid um die Lenden binden. Man sagt, daß jenes große Lendenkleid ein starker Zauber sei, der den Heldengeist in die Krieger lege. Der hierzu bestimmte Mann wird immer aus der Stadt *Dome* genommen; die *Heveer* dagegen sind es, die an der Spitze des Heeres marschieren müssen.

Kkbt.: Die *Hoer* ein mutiger Volksstamm um die besten Krieger unter den *Eweern;* sie werden deswegen auch von ihnen allen gefürchtet und geachtet. Wenn in einer Stadt sich irgend etwas ereignet, so sind es die *Hoer*, durch welche die Sache erschwert oder erleichtert wird."

[1]) Religiöse Zeremonien zur Vertreibung des Unheils. Aus: Jakob Spieth s. o. (14) I. Der Ho-Stamm, 1. Kapitel: Geschichte, S. 32

Zauberei ergeben. ... Jeder König hat ein großes mantelähnliches Kleid, das Zauberkleid genannt wird. Dasselbe ist aus lauter kleinen Stücken zusammengenäht. An dem Kleide sind kleine Fläschchen mit Zauberpulver befestigt. Über den Schultern und an der Brust hängen Büffel- und Widderhörner und rings um das Kleid herum hängen Glöcklein. Nicht der König selbst, sondern ein Mann aus seiner Umgebung zieht das Kleid an. Frauen ist es verboten, das Kleid anzufassen. Der Träger des Kleides darf keinerlei Wein trinken und seine Notdurft nicht verrichten, er habe denn das Kleid vorher abgelegt. Das Kleid macht kugelfest, weshalb auch sein Träger sich im Kriege stets in nächster Umgebung des Königs befindet." (18)

Besessenheitsphänomene, vielfach als Trance (lateinisch: „transir" = hinübergehen) oder Ekstase (griechisch: „ékstasis" = Außersichsein) beschrieben, sind überall anzutreffen. Der Besessene wird in diesem Zustand zum „Gefäß", in das der Geist „eintaucht". Während die Besessenheit bei aufgeklärten Europäern als Krankheit gedeutet und deshalb vielfach Hilfe bei Exorzisten gesucht wird, deren Rituale die Befreiung von den Geistern bringen sollen, ist für viele Naturvölker die Besessenheit ein Indiz für die Beziehung zu den Geistern, also ein wünschenswerter, freiwillig vollzogener Akt der Kommunikation mit den Geistern, zu denen eine dauerhafte Beziehung angestrebt wird. Trance wird geradezu herbeigewünscht, damit die Identität zugunsten des Gottes, der Besitz ergreift, aufgegeben werden kann.

Die Naturvölker verwenden hierfür den Begriff Voodoo, dessen Heimat in der Fieberküste Westafrikas, genauer im früheren Dahomey, dem heutigen Benin, zu suchen ist. Benin grenzt im Westen an Togo und im Nordwesten an Obervolta. Um 1620 errichteten dort Franzosen, Portugiesen und Engländer erste Stützpunkte für den Sklavenhandel in die Karibik, nach Amerika und Brasilien. Historiker schätzen, daß zwischen 40 und 100 Millionen Afrikaner als Sklaven in die Neue Welt verschleppt wurden und dort auf Plantagen und in Bergwerken Arbeiten verrichten mußten, für die sich die Einheimischen zu schade waren. Die westafrikanische Stammesreligion, vor allem aus dem alten Reich der Dahomey, gelangte so in die Neue Welt, vermischte sich dort mit anderen Religionen sowie mit den Elementen indianischer Kulte. Zurückgekehrte Angehörige ehemaliger Sklavenfamilien brachten in der nachkolonialen Epoche den afro-amerikanischen Synkretismus in ihre Ursprungsländer. So entstanden synkretistische Zentren, Ritualformen in zahlreichen, inzwischen an der Westküste Afrikas gebildeten Sekten. Heute glauben nach den Beobachtungen der Bielefelder Ethnologin und Soziologin Carola Ellwert etwa zwei Drittel der Bevölkerung in Ghana, Togo und in anderen westafrikanischen Ländern an Voodoo. Afrikas geheime Macht, die Vermischung verschiedener Religionen, Konfessionen, Kultformen und philosophischer Lehren, bewirkt für die Afrikaner eine Abkehr von importierten Religionen, die Befreiung von der „weißen Vernunft", die Verschmelzung von der physischen und metaphysischen Existenz des Lebens als ganzheitliche Herausforderung.

Wer die Voodoo-Götter beherrscht, ist selbst ein Gott. Wer sie nicht beherrscht, bleibt Werkzeug und Spielball, hilflos der Willkür der Götter ausgesetzt. Es ist keine Ausnahme, daß bei den Höhepunkten des menschlichen Lebens die christliche und Voodoo-Kirche nebeneinander auftreten und den Segen erteilen. Denn die Afrikaner wollen sich nach allen Seiten absichern.

Die Ewer glauben an den Gott Mawu. Wo der Himmel ist, da ist für sie Gott. Das Blau des Himmels ist der Schleier, mit dem er sein Angesicht verdeckt. Die verschiedenartigen Wolkenbildungen sind das Kleid und der Schmuck, die Gott Mawu zu bestimmten Zeiten anlegt. Neben Mawu, der sich nach dem Schöpfungsakt aus der Welt der Menschen zurückgezogen hat, gibt es zahlreiche Ahnen und Geister. Die Ahnen (togbenoliwo) sind moralische Vorbilder. Denn sie wachen über den Clan, aus dem sie selbst als gute Toten hervorgegangen sind. Die Geister (Trowo) sind hingegen unberechenbar. Sie stehen für wilde Tiere, fremde Völker, für Krankheiten, kurzum für die Gefahren des Lebens. Auch im Gewitter und im Regen offenbaren sich ihre Kräfte. Alle Trowo haben mehr Macht als die Menschen, und ihre Herrschaft umfaßt alle Lebenssituationen eines Ewer.

Weil die Ewer an ein unausweichliches, bereits vor ihrer Geburt festgelegtes Schicksal glauben, durch das jeder von ihnen mit einer bestimmten Anzahl dieser Geister verbunden ist, bedarf es lebenslanger Anstrengungen, diesen Geistern zu dienen. Unter der Leitung erfahrener Priester opfern daher die Ewer den Geistern. Reden einerseits die Geister durch den Priester mit den Menschen, so reden andererseits die Menschen durch den Priester mit den Geistern. So entstehen Gemeinschaften, die in ihren regelmäßigen Zusammenkünften bemüht sind, die Trowo gnädig zu stimmen. Man spricht mit den Göttern. Die Priester opfern ihnen lange Monologe und schließlich auch Tiere. Frauen rufen in unregelmäßigen Abständen „Yao! Yao! Yao!", fordern dann erregt die Götter zum Handeln auf, stimmen Gesänge, langgezogene, klagende Phrasen an, überlagert von den aggressiven Verwünschungen des Priesters.

Dann ein Schrei. Ein Anwesender ist in Trance gefallen. Der Geist hat von ihm Besitz ergriffen. Das Ritual treibt seinem Höhepunkt entgegen. Noch ein Schrei. Im Tanz versuchen die in Trance Versetzten den Geist zu verkörpern, der von ihnen Besitz ergriffen hat. Zugleich wird diesem Geist jedoch ein Heiligtum errichtet, in dem er zur Ruhe kommen kann. Die Tänzer choreographieren jeder für sich bei wildem Trommelklang die Ängste, Leidenschaften und Erfahrungen, die von ihnen Besitz ergriffen haben. Dabei beobachtet man ein zunächst schwaches, immer stärker werdendes Zittern ihrer Hände und Füße, bis ihre Körper von immer wilderen Schüttelkrämpfen heimgesucht werden. Ihre Besessenheit entlädt sich im Schreien, Singen, Weinen und endet abrupt in einem Zustand der Bewußtlosigkeit. Herbeieilende Helfer sorgen dafür, daß die Besessenen nicht zu Schaden kommen und bringen sie auf einen abgelegenen Ruheplatz. Wenn sie nach einiger Zeit wieder das Bewußtsein erlangen, haben sie keine Erinnerungen mehr an ihre Besessenheit.

Die Zuschauer, die fasziniert das Ereignis bewundern, wie die Geister von den Tänzern bei wildem Trommelklang Besitz ergreifen, sind nach dem Spektakel erlöst. Die rituale Verwandlung des in Trance Verfallenen hat ihnen direkt oder durch die Worte des Priesters übersetzt Antworten auf wichtige Fragen gegeben. Eine allgemeine Heiterkeit erfaßt sie, als die Trommeln verstummen.

Gotteslob der Trommler

Merkt auf, o ihr Menschen!
Merkt auf den Trommler aus altem Ursprung:
Er ist erregt,
hat sich bereitet vor Gott,
vor dem Freund-auf-den-wir-uns-stützen-und nicht-fallen, vor dem Schöpfer-aller-Dinge,
hört sein Gebet!

Du-Freund-auf-den-wir-uns-stützen-und nicht-fallen, wir rufen dich an!
Mächtiger König, wir rufen dich an!
Du-unergründlicher-Ursprung,
wir rufen dich an!
Du-Schöpfer-und-Spender-ewigquellender-Wasser,
wir rufen dich an!
Wir rufen dich an, du-Ende-der-Tage!
Darum komm, komm, komm!

Du-Korb-der-nicht-leer-wird,
Du, den wir rufen in Zeiten der Not;
Du Prekese-Frucht, Freund-der-uns-speist,
Du, den wir spüren zu Haus und in der Fremde,
ohne dich – nichts. Nichts können wir tun.
Darum bitten wir: komm, komm, komm!

Laß unsere Gemeinschaft gut für uns sein.

Gebet aus Ghana

Es ist wie nach dem Genuß eines unterhaltenden Ereignisses, dessen therapeutische Wirkung unverkennbar ist. Auch wenn die religiöse Landschaft in einem ständigen Wechsel zu sein scheint, die Kulte sind so alt wie die Menschheit. Die Vorväter haben sie schon in grauer Vorzeit praktiziert. Führende Politiker haben durch ihre Solidarität das Selbstvertrauen der Voodoo-Anhänger gestärkt. Auch die von der christlichen Kirche getauften Ewer wenden sich mehr und mehr dem Voodoo zu. Ihr Gottesbegriff ist zwar vom Christentum geformt, aber sie glauben an einen Gott, der die Erde und die Menschen geschaffen hat und an seine Existenz, weil er die Natur in Bewegung hält, Menschen und Fetische schafft und sterben läßt.

Der Fetisch ist nicht Gott, ist nicht Stein, nicht Mensch, nicht Tier, nicht Pflanze. Aber er kann das alles sein. Das kommt auf die rituelle Situation an, die der Fetisch vorfindet. Denn das Ritual kann alle Dinge aktivieren. Fetische können sterben, wenn ihnen niemand mehr opfert. Allerdings bedeutet die Lehre von der unsterblichen Seele (Animismus) Beseeltheit aller Dinge: ein Mensch stirbt, damit er neu geboren wird. Ein Kranker stirbt, damit er als Gesunder aufersteht. Ein Kind stirbt, damit es als Erwachsener zurückkehren kann. Ein Fetisch stirbt, damit er jederzeit wieder aktiviert werden kann.

Für Voodoo-Anhänger ist die Welt der Menschen in die der Götter eingebunden. Und der göttliche Aspekt des Menschen gibt ihnen die Möglichkeit, die Schwelle des Metaphysischen zu überschreiten. Voodoo hat eine starke Beziehung zur Magie. Und Magie, so glauben sie, ist überlebensnotwendig, weil nur dadurch die Probleme des Daseins in den Griff zu bekommen sind. Das aber wollen auch die „irdischen" Herrscher.

Während die absolute Monarchie, beruhend auf einer straffen Militärorganisation, noch bis zu Beginn der Kolonialherrschaft existierte, „regieren" heute die Häuptlinge die Ewe. Die Häuptlinge berufen ihre Könige als oberste Repräsentanten. Die überall existierenden erblichen, hierarchisch-territorial gegliederten Häuptlings- und Königsämter gelten als legitim und werden überall anerkannt. Offiziell haben die „Chiefs" zwar nur lokale, kulturelle und friedensrichterliche Funktionen, de facto jedoch spielen sie eine weitaus größere Rolle, insbesondere bei den zum Teil sprachlich isolierten Togo-Restvölkern, so zum Beispiel auch in der Volta-Region. Darüber wird im folgenden Kapitel berichtet.

Anmerkungen:

(14) Jakob Spieth, Missionar der Norddeutschen Missionsgesellschaft: Die Ewe-Stämme. Material zur Kunde des Ewe-Volkes in Deutsch-Togo. Berlin 1906. Dietrich Reimer (Ernst Vohsen)

(15) Jakob Spieth, Missionar der Norddeutschen Missionsgesellschaft: Die Religion der Ewer in Süd-Togo. Leipzig 1911. Dieterich'sche Verlagsbuchhandlung Theodor Weicher und Göttingen, Vandenhoeck und Ruprecht, erschienen u.d.T.: Religions-Urkunden der Völker. IV. Abt.; 2 Bd.

(16) Codex Juris Canonici der Katholischen Kirche von 1917 in den canons 1151—1153

(17) s. o. (16)

(18) s. o. (15) Seite 34

Das soziale Leben

Die Erziehung.
1. Arbeit.
a. Der Knaben.

B. Hehe.

1. Dowowo.

a. Ñutsuviwoto.

Ne devi la tsi vie la, dowowo gobia deke menoa esi, be wòawo o. Ne woda nu la, eya ko woayoe wòava du. Ne devi la (ñutsuvi) do le eme wē la, ekemā ne fofoa le bowo yi ge la, abla akati ade asi ne. Le bo la wo la, wotsoa agblenu dea esi, bena wòano nuñonlo srōm. Ne egatsi vie la, eno tsigui tsōm noa agble yimee. Eye wona teta agbaka deka nu eya hā, bena wòano wawām. Ne fofoa yina atigbe la, ekplone de asi, eye wòtsoa ati viade doa ta ne, nenemāke wòtsoa fō hā doa ta ne. Ne egatsi vie la, ele ne azo be, wòayi agble, eye ne fofoa mele yiyi ge o hā, edoa eya dede da. Wotsoa detidowo hā ne wòwona le awe me, eye to esia me la, enya awotsitsi, kadede kple awololō keñ.

„Eine bestimmte Arbeit wird dem Kinde vor einem gewissen Alter nicht gegeben. Wenn gekocht ist, wird es zum Essen gerufen. Ist ein Knabe den eigentlichen Kinderjahren entwachsen (mit etwa acht Jahren), so begleitet er seinen Vater auf den Acker. Der Vater gibt dem Knaben das Feuer (eine Fackel), zu tragen in die Hand. Auf dem Acker bekommt er eine Hacke, und der Knabe fängt an, das Hacken zu erlernen. Ist er noch etwas größer, so darf er dem Vater das Wassergefäß auf den Acker tragen. Derselbe gibt dem Sohne auch Saatyams, so daß er sich eine Reihe auf dem Acker damit anpflanzen kann. (Unter der väterlichen Anleitung erlernt er die Pflege der Yamspflanze.) Er begleitet den Vater in den Busch, um Yamsstangen zu schneiden, von denen er einige auf dem Kopf auf den Acker trägt. (Der Knabe röstet dem Vater den Yams auf dem Acker, und wenn er gar ist, ruft er ihn. Beim Nachhausegehen hat der Knabe eine kleine Yamslast auf dem Kopf, die er der Mutter zum Kochen bringt.) Ist der Sohn etwas älter, so muß er auch, wenn sein Vater zu gehen verhindert ist, allein auf den Acker. Zu Hause läßt er ihn zetteln und weben.

Für seine erste Arbeit im Webstuhl erhält der kleine Sohn von der Mutter Garn, womit er das Weben erlernt. Das erste Kleid schenkt er seiner Mutter. Die Nachbarn und Verwandten bewundern es und fragen, wer das Kleid gewebt habe? Die Mutter nennt mit Stolz den Namen ihres Sohnes, der nun auch für seine Verwandten Kleider weben darf. Für ein zwölf Hand breites Kleid erhält er 25 hoka, und für ein zwanzig Hand breites 1 hotu. Die Mutter kauft ihm für dieses Geld Garn, mit dem er ein Kleid webt, dessen Erlös ihm gehört. Dafür kauft er sich eine Ziege oder ein Schaf.

Den in seiner eigenen Yamsreihe gepflanzten Yams gibt der Knabe zuerst seiner Mutter zum Kochen. In späteren Jahren bringt er seinen Yams auf den Markt, kauft sich für den Erlös Garn und webt ein Kleid daraus, das er wieder verkauft. Falls sein Yams in der Haushaltung aufgebraucht worden ist, beschenkt ihn der Vater mit einer Ziege. Der Junge brennt auch auf dem Palmweinplatz die in die Palmen geschnittenen Löcher aus, wofür er von dem Palmenbesitzer mit zwei Palmen belohnt wird. Er macht sich aus denselben Palmwein und kauft mit dem Erlös Garn, Seife und dergleichen. Die Mutter beschenkt er wohl mit einem Stück europäischen Stoffes. Eßwaren würden der Mutter nicht angenehm sein. Der Stoff freut deswegen, weil sie denselben anziehen kann. Mit Stolz erzählt sie andern Frauen, daß ihr Sohn ihr dieses Kleid gekauft habe.

Eine Einnahmequelle für den Sohn besteht auch im Lastentragen. Der Lohn dafür gehört zwar dem Jüngling; aber er zeigt ihn unter allen Umständen seinem Vater, der ihm das Geld aufbewahrt. Hat er genügend Geld beisammen so kauft er ihm eine Flinte damit. Hat der Sohn später Jagdglück so gibt er dem Vater den Schenkel und der Mutter die Brust des erlegten Tieres. Ist der Vater kränklich, so webt ihm der Sohn ein Kleid, daß er sich vor den Leuten nicht zu schämen braucht. Die Eltern ihrerseits loben den Knaben und rühmen es andern, was er ihnen Gutes tue. Auf diese Weise erhält er einen guten Namen, und jedermann vertraut ihm gerne seine Tochter als Frau an. Hat eine Frau keine eigene Tochter, so pflegt sie der Sohn in Krankheitszeiten. Er holt ihr Wasser, röstet Maiskorn und mahlt ihr das Mehl. Er führt sie in den Baderaum und stützt ihren Rücken auf dem Krankenlager, daß sie sich an ihn anlehnen kann. Ein solches Betragen gefällt den Leuten, und sie sagen: „Wer seine Mutter gut verpflegt, der ehrt auch seine Frau."

Beim Tode der Eltern soll sich der Sohn schon etwas Eigenes erworben haben, damit er nicht zu darben braucht. Sind die Eltern einmal alt und kränklich, so soll er dieselben ernähren und dafür sorgen, daß sie keinen Mangel leiden müssen. Wohl gibt es solch gutgeartete Söhne nicht sehr viele, aber sie sind da." (19)

Aus: Jakob Spieth s.o. (14) I. Der Ho-Stamm, 3. Kapitel: Das soziale Leben, II. B. Die Erziehung, S. 208/209

206 000 Afrikaner mit einem König in Ludwigshafen

*„Josua ben Parachja sagte: Verschaffe Dir einen Lehrer,
erwirb Dir einen Genossen und beurteile das Tun
aller Menschen mit Wohlwollen." Sprüche der Väter I, 6*

206 000 Ewe leben im Lande der Gbi, in der Region des Voltasees, im Osten von Ghana an der Grenze zu Togo. Ihre Hauptstadt ist Hohoe. Dort wird Céphas Bansah am 22. August 1948 geboren. Er wächst in einer Großfamilie auf, deren Welt voller Symbole ist. Das Leben läuft nach strengem Ritual. Die Palette von Insignien und Zeichen informiert ihn von Jugend an über die Position jedes einzelnen seiner Umgebung, über Einfluß und Macht, Vermögen und Einstellung zum Leben. Symbole und Bilder vermitteln ihm Orientierungshilfen.

„Mein Vater", so Céphas Bansah, *„wohnt in einem eingeschossigen Haus mit einem riesengrossen Hof. Nur sein aus Stein und Lehm erbautes Haus hat Zugang zur Straße, die übrigen vierzehn Häuser sind über eine Veranda zum Innenhof hin geöffnet. Jede seiner Frauen hat ihr eigenes Haus für sich und für ihre Kinder. Nur wenn es regnet, sitzt man in den Häusern. Natürlich sind die Zimmer nicht so elegant eingerichtet wie hierzulande. Wir legen darauf auch keinen Wert. Alle essen zusammen. Dank der täglichen Tischgemeinschaft gibt es wenig Probleme. Eifersucht gibt es nicht. Meine Mutter hat fünf Schwiegertöchter. Und alle verstehen sich gut."*

Die überwiegend patriarchalische Hierarchie zwingt jeden, die ihm zugewiesene Rolle zu akzeptieren. Das Leben der Gemeinschaft ist definiert durch die Sicherung der Existenz und Anpassung an überkommene Lebensformen. „Kinder", so Céphas Bansah, *„machen alles nach. So holen die Kinder wie die Erwachsenen Wasser im Fluß: vier bis fünf Liter mit einem Gewicht von vier bis fünf Kilo. Kinder laufen wie die Erwachsenen dafür mehrere Male täglich vier Kilometer."*

Wenn der Großvater, König der Volta-Region, zu einem Durbars (Fest) erscheint, folgen ihm viele, die mancherlei Gegenstände halten und tragen. Und jeder Gegenstand hat seine Bedeutung. Der Stab des Sprechers seines Großvaters informiert über den königlichen Leitspruch. Ein Kreis auf einem Kleidungsstück verrät die Präsenz und Omnipotenz Gottes. Rechtecke symbolisieren Männlichkeit und Heiligtum, das Dreieck Weiblichkeit oder Begierde. Die Farben der getragenen Kleider geben Aufschluß über die Gemütslage dessen, der sie trägt: Gelb steht für die Existenz Gottes, ewiges Leben und Wohlstand, Weiß für Freude und Sieg, Grün für Unschuld, Erneuerung und Vitalität, Rot oder Ocker-Braun für traurige Anlässe.

Das Leben des jungen Céphas ist wie das seiner Altersgenossen erfüllt von Musik und Tanz. Die über Kalebassen verschiedener Größen gespannten Holzstücke erzeugen während des Schlagens die unterschiedlichsten Töne. Die Trommelkunst, seit Menschengedenken Bestandteil der verschiedenen Stämme, dient der Kommunikation und auch dazu, sich effektvoll in Szene zu setzen. So erfüllen die Trommler beim Erscheinen des Königs die Aufgabe, dem Versprechen des Volkes zur ewigen Treue unüberhörbaren Ausdruck zu verleihen. Der König nimmt die Respektbezeugungen entgegen und demonstriert Autorität durch die Verbundenheit mit der Tradition der Ahnen. Durbar-Festtage sind Tage mit viel Trommelmusik, wobei die verschiedensten Trommeln zu hören sind: der Sonno, ein zylindrischer Körper mit Ziegenfell bespannt, wird, unter den Arm geklemmt, auf beiden Seiten gespielt; die berühmte Sprechtrommel für Dialoge aus Elefantenhaut; die Etwiay-Trommel, deren „Sprache" dem Schrei eines Leoparden ähnelt, oder Trommeln, die Krokodile oder Hunde nachahmen.

HOHOE GBI FRIENDS E.V. Erlenbacherweg 6, 64668 Rimbach Gemeinschaft zur Unterstützung der Volta Region in Ghana
Telefon: (0 62 53) 82 79 · Fax: (0 62 01) 70 81 02 Kto: 10.1967.01 Vereinsbank Heppenheim BLZ 509 914 00

Die Hohoe Gbi Friends
Eine Gemeinschaft zur Unterstützung der Volta Region in Ghana

Am 3.4.1992 trafen sich am Flughafen Düsseldorf, vor dem Schalter der *Ghana Airways*, zwölf Deutsche mit ihrem Freund *Céphas Bansah*, um zu einer denkwürdigen Reise aufzubrechen.

In *Hohoe*, einer kleinen Stadt in der Volta Region im Nordosten *Ghanas*, dem Heimatort von Céphas, liefen inzwischen die Vorbereitungen zu einer nicht alltäglichen Feier. Ein Mitglied des Stammes der *Ahado* sollte eine alte Tradition bewahren und zum Häuptling von über 200 000 Menschen gekrönt werden. *Céphas Bansah*, ein 39jähriger Ghanese, der vor 24 Jahren als Austauschschüler das Dorf verließ, in Deutschland mit viel Entbehrungen und gesundem Ehrgeiz den Beruf eines Kraftfahrzeug- und Landmaschinenmeisters erlernte und sich inzwischen mit einem Kfz-Betrieb eine Existenz aufgebaut hat, war der Auserwählte.

Die Eindrücke, die seine zwölf deutschen Freunde während der dreiwöchigen Reise erlebten, sind unbeschreiblich. Neben dem wohl einmaligen Erlebnis der Teilnahme an den Krönungsfeierlichkeiten – die unvergessliche Einblicke in die alte Kultur afrikanischer Stammesriten zuließ – führte das direkte Zusammenleben mit den Menschen in Hohoe zu einer ungefilterten Konfrontation mit den täglichen Schwierigkeiten, Mängeln und Problemen der in dieser Region lebenden Menschen. Die natürliche Freundlichkeit, der Wissensdurst, das Interesse an Kultur und Bildung und die in krassem Gegensatz dazu stehende Versorgungslage, besonders in den Grundbedürfnissen Wasserversorgung, Ausbildung und Gesundheit, blieben nicht ohne Auswirkungen. Spontan haben die meisten „Afrikaheimkehrer" versucht, durch Einzelaktionen ihren neu gewonnenen Freunden Hilfe zukommen zu lassen, die mit großer Dankbarkeit angenommen wurde.

Im Laufe des Jahres entstand daraus die Idee, aus diesen Tropfen einen Strom zu machen.

Céphas Bansah, inzwischen als *Togbui Ngoryifia Kosi* zu einer erstaunlichen Popularität in den Medien gekommen, hat durch Spenden und mit Einkünften aus seinen Auftritten damit inzwischen begonnen.

Um diese Hilfe zu verbessern und zu stabilisieren, wurde am 31.7.1993 der gemeinnützige Verein *Hohoe Gbi Friends e.V.*, eine Gemeinschaft zur Unterstützung der Volta Region in Ghana gegründet.

Inzwischen ist der Verein eingetragen und als gemeinnützig anerkannt.

Viele Sachspenden sind inzwischen eingegangen. Probleme bestehen noch bei der Realisierung der Transporte. Über Spenden hierzu würden wir uns freuen.

Eingetragen im Vereinsregister Fürth/Odw. unter Nr: 483 · Als gemeinnützig anerkannt vom Finanzamt Bensheim, Außenstelle Fürth, mit Bescheid vom 31.8.1994, AZ 17 250 9219 1 – P/G 12

*Ausgezeichnet mit allen Insignien des „höchsten spirituellen Königs aller Ewe-Völker"
bewundert Céphas Bansah in Notsé (Togo) die Darbietungen seiner Untertanen*

*Mitglieder der „Hohoe Gbi Friends e.V.", einer Gemeinschaft zur Unterstützung der Volta Region.
Stellvertretend für deren Engagement wurde Gabriele Praxl (7. von links) mit dem Titel
„Mama Nyamadzose, Königsmutter von Atabu" ausgezeichnet*

Prominentenumfrage der „RHEINPFALZ": 20

Was war als Kind Ihr Lieblingsbuch?

C. Bansah heute …

**„Alles im Kopf"
König**

„Zu meiner Kinderzeit hatten wir in meinem Heimatdorf in Ghana keine Bücher", erklärte Céphas Bansah, König von Hohoe Gbi Ghana. Die Geschichten seien mündlich tradiert worden. „Wir haben alles im Kopf, nichts wird lang und breit niedergeschrieben", macht Bansah deutlich, daß er von seinen Eltern viele Geschichten erzählt bekam. Die habe er sich behalten und an seine Kinder weitergegeben, sagt Bansah, der als Automechaniker in Ludwigshafen arbeitet. (utk)

… und mit 6 Jahren

Der Tanz, so lernt der junge Céphas Bansah, befreit nicht nur von der Malaria-Fliege, sondern ist zugleich auch die Bitte für eine gute Ernte. Und das alles wird ergänzt durch vielstimmige Gesänge sowie durch stürmisches und rhythmisches Trommelspiel. Die Eltern wissen viele Geschichten zu erzählen, die sie von den Großeltern und Ahnen übernommen haben. Céphas und seine Spielgefährten lauschen begierig den Erzählungen und bewegen sie in ihren Herzen. Im Kindergarten unter einem Schatten spendenden Baum wird viel gespielt, viel erzählt und schon Sport getrieben. Auch in der Volksschule in Hohoe erfährt er vieles, was ihn beschäftigt und was seine Fantasie anregt. Er erinnert sich daran, ebenso wie an die Vermittlung des neues Wissens: *„In meiner Kinderzeit hatten wir in Ghana keine Bücher. Wir hatten kein Geld um Bücher und Hefte zu kaufen. Deshalb benutzten wir Schiefertafeln, auf denen die Texte und Zahlen immer wieder abgewischt werden konnten. Deshalb waren ich und meine Mitschüler immer gezwungen, viel auswendig zu lernen. Wir Afrikaner haben alle unseren Computer im Kopf…"*

Nach dem erfolgreichen Besuch des Technikums schickt ihn sein Großvater im Rahmen eines internationalen Studentenaustausches 1970 über Bonn nach Ludwigshafen am Rhein. Dort soll er eine Lehre als Landmaschinenmechaniker absolvieren. Durch Vermittlung der Zentrale des internationalen Studentenaustausches erklärt sich die Familie Ottmar Schweitzer in der Ludwigshafener Rottstraße bereit, den freundlichen jungen Mann als Familienmitglied auf Zeit aufzunehmen und über das Wochenende zu betreuen.

Unter der Woche wohnt Céphas Bansah in der Nähe seines Arbeitgebers, der Firma Paul Schweitzer, im Christlichen Jugenddorf Limburgerhof. Er berichtet: *„Es gab zu dieser Zeit lediglich zwei Schwarze in Ludwigshafen, und die Menschen auf der Straße sprachen mich wohlwollend an. Sie gingen freundlich auf mich zu und luden mich zu ihren Familien ein. An jedem Wochenende wurde ich regelrecht verwöhnt. Ich bekam von den Söhnen der deutschen Familien modische Kleidung, gute Schuhe, reichlich zu essen und lernte so die deutsche Gastfreundschaft kennen und lieben. Mindestens 50 Familien gehören heute zu meinen engsten Freunden und Bekannten."*

Was er höflich verschweigt, ist die anfängliche Angst vor der fremden neuen Welt, vor der ungewohnten Sprache, die ihm anfangs zu schaffen macht, der nüchterne Berufsalltag ohne Symbole und ohne jegliche Traditionen. Der 48 Kilo schwere junge Mann ist stets bemüht, durch Fleiß, Freundlichkeit und zuvorkommende Höflichkeit Sympathien zu erringen. Seine sportlichen Fähigkeiten werden geschätzt. Er feiert im Boxring Erfolge. 1975 wird er Bezirksmeister im Fliegengewicht. Dabei kommt ihm zustatten, daß Boxen ebenso wie Fußball in seiner Heimat ein Volkssport ist. Der legendäre Weltmeister im Federgewicht, der Ghanaer Azumah Nelson, bleibt viele Jahre lang ungeschlagen.

Bansah berichtet weiter: *„Meine Lehre konnte ich erfolgreich beenden und den Landmaschinenmechaniker-Meister sowie den Kraftfahrzeug-Meister erwerben. Ich war wissenshungrig und begeistert von der für mich „Neuen Welt", die mir Menschlichkeit, Wissen und persönliche Achtung entgegenbrachte. Seit 1970 bis heute kenne ich keine Ausländerfeindlichkeit in Ludwigshafen, und*

AFRICA ABROAD

Ghana

Heart of gold

The new Ewe king is showering his Gbi tribe with Western generosity

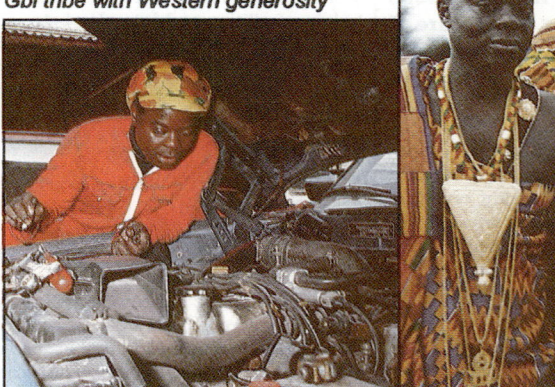

Cephas Bansah at his motor shop in Germany, and in royal robes

EASTER 1992, in the Hohoe Gbi Volta region of Ghana there was a celebration that reached far across to Europe. The 206,000 members of the Gbi tribe, a subtribe of the Ewe, crowned a new king. Over 3,000 selected Gbi's came together at the large main square of the city to witness the crowning. The beat of the drums echoed through the city and deep into the surrounding jungle, as the future King, Cephas Bansah, entered the square. The lower kings were carried to the square in their sedan-chairs, accompanied by dancers who initiated the festival with several hours of tribal dancing.

Afterwards, the queens of the lower kings made their entrances in a splendour of colourful traditional gowns and proudly took their places next to their husbands, where they were personally greeted by Cephas Bansah.

After the greeting ceremony the lower kings dressed Bansah in the robes of a king. They put a heavy gold chain around his neck and sceptre in his hand. He then chose a lower king to place the crown on his head, who proclaimed him: "Togbe Ngoryifia Cephas Kosi Bansah, King in Ghana."

For Bansah, who has lived in Germany for the past 23 years, this was an unexpected development. "As the chief tribesman decided to make me King, I was very proud, very happy, and very surprised," he said. "I think two reasons decided it. First of all, because my older brother and my father are both left-handed, and it is believed that left-handed people have no luck with governing; secondly, because I live in Germany, and would thus be better able to help my needy tribe. It was the second reason that probably got me the position that my grandfather held, since out of my 83 siblings I am certainly not the only right-handed man!"

Bansah, now aged 46, travelled to Ludwigshafen in Germany in 1970, where he learned an occupation as a mechanic. He did not find it difficult to acclimatise himself. The family with whom he was living treated him as their own. Today he says, "The people here were from the beginning very friendly and nice to me. I never experienced any hatred towards foreigners, there was nothing like that in Ludwigshafen. I know it sounds impossible, but I am telling the truth. I was a son of the city from the very beginning." His close friendship with about 50 families in Ludwigshafen backs up his words. Of these families, 20 people flew to Ghana to attend his crowning.

After his apprenticeship, he gained his master title in mechanics and soon after opened his own shop in an old barn on the edge of the city. "It was very, very difficult, I had a large debt, and my family in Ghana wasn't able to help me because they weren't rich. But to start like this is actually the African way."

However, his iron will and proficiency enabled him to succeed. Today he has a modern shop in the town centre, and his reputation has spread throughout the region.

He is married to Gabrielle, 43, and has two children, a son Carlo, 13, who is a possible candidate as his successor, and a daughter Akosa-Katharina, 12. Being crowned Queen was not only a surprise for his wife, but it brought with it its own problems. When she was married, she only knew Ghana and her husband's tribe by name. "I would never have dreamed that I, an independent EDV-Buyer, would marry a car mechanic and he would make me a queen," she laughs. They had wanted to crown them together, but she asked for a postponement so that she could learn more about the customs and traditions. "I am a very serious person and I am aware of my responsibilities toward the members of my husband's tribe. Before the crowning, I wanted to live a few months with his people." Today she is highly esteemed among the Gbi.

When it came to her turn, Gabrielle was placed three times on the throne reserved for her, signifying that no one can take the throne away from her. She even received a new name, "Mama Ga".

A woman is crowned by the so called "Mothers", who are appointed to her. "I now have in Ghana, two mothers, one father, two sisters and a brother. This family that I gained through my crowning ensures my wellbeing when I am in Ghana. They put a representative for me at my side. She replaces me when I'm not in Ghana and resumes my duties." Gabrielle is in charge of the tribe's social issues. Although equal to her husband in some respects, she is not able to pass judgement on tribal problems or territorial claims. Her primary responsibility lies with childcare, schools, and hospitals. She also supports the women's movement in the Gbi tribe. But she says, "I have to be very prudent, I cannot lose the support of the men. I need the corroboration of the lower kings for development projects. The land in this patriarchal society is naturally divided among the men."

To the question of whether the women are dependent on their men, she answers: "The patriarchal rule still stands firm. But, somehow the women have a voice. Somehow they are able to change things, which is almost a miracle in this country. How it exactly functions I don't know, but the women have a lot of power. And it happens without feuds or verbal emancipation phrases."

Cephas Bansah has entirely another set of problems. The people expect practical help from him, for example, with the water. The people have wells, but all the pumps necessary for pumping the water up were totally destroyed. The women got water from the river Dayi in buckets, and the dirty water brought sickness, mainly to the children, like typhus and cholera.

Aware that this was a priority, when he returned to Germany, he spoke with some friends from the police department. The policemen started a campaign and raised money to provide Bansah with many pumps. The few missing ones, he bought himself, and now his people all have clean water from the wells.

During another of his visits, he noticed that physically disabled people had no wheelchairs. "Many of these people live in the jungle, they could only move by sliding on their behinds, or crawling on their elbows and knees. Because of the fact that I lived in Germany so long, I just couldn't accept it like my fellow tribesmen. When I returned, I contacted the Rehabilitation Centre in Neckargemund near the Ludwigshafen, who proceeded to donate used wheelchairs for Ghana."

As one can see Bansah is dedicated to his new role. "I know I can help my people's quality of life by personally involving myself," he says. "The coming generations should profit from my knowledge. But financing all these projects forces me to remain in Germany and work very hard."

Margit Singleton

*In einer Kfz-Werkstatt in Accra-Osu Are lernte der neunzehnjährige
Céphas Bansah ab 1963 die Geheimnisse der Differentialgetriebe, Kurbelwellen,
Kolben und vieler anderer Automobilteile kennen.
Sein Meister ist ein Experte, der zwar weder lesen noch schreiben kann,
aber dem Lehrling Céphas solide Kenntnisse und Erfahrung vermittelt.*

immer waren: gute Menschen, gastfreundlich und hilfsbereit. Sie nehmen regen und aufrichtigen Anteil an meinem Leben. Sie leiden mit mir und sie freuen sich mit mir – wie in einer intakten Familie. Ich fühle mich in Ludwigshafen zu Hause. Es ist eine wunderbare Dankbarkeit in mir... Meine selbständige berufliche Laufbahn begann ich in Maudach, in einer primitiven Scheune – wie in Afrika üblich – unter schwierigen finanziellen und wirtschaftlichen Verhältnissen. Ich reparierte Kraftfahrzeuge aller Art und wußte: Das ist Afrika, nicht Deutschland. Das ist afrikanische Art, nicht deutsche Art: Null-Finanzierung, Null-Voraussetzungen, und ich strengte mich an, das Vertrauen der Kunden zu gewinnen. Ich verstand, daß es für die Deutschen nicht leicht war, einem Afrikaner ihr liebstes Kind, das Auto, anzuvertrauen. Erst allmählich verloren sie die Angst vor dem schwarzen Mann von nebenan, der eine eigene Kraftfahrzeug-Werkstatt betrieb und ihr Auto tadellos funktionstüchtig hielt. Es kamen immer mehr Ludwigshafener und Bewohner aus dem Umkreis, und es kamen auch deutsche Jugendliche, die bei mir das Kfz-Handwerk erlernen und eine Lehre machen wollten."

Bansah, jeder Zoll ein Chef, berichtet weiter: *„Die Kunden waren zufrieden, der Umsatz stieg, und wiederum war es Ottmar Schweitzer, der mir zur Seite stand. Ich zog von der Scheune in Maudach in eine modern ausgerüstete Werkstatt nach Mundenheim unmittelbar neben dem TÜV. Dort bin und bleibe ich. Von hier aus pflege ich meine deutschen und afrikanischen Kontakte."*

An der Werkstatt in Mundenheim steht: „Schweißarbeiten, Gebrauchtwagen, An- und Verkauf, Reparaturen aller Typen, TÜV-Abnahme." In der Werkstatt herrscht geordnetes Durcheinander von Schraubenschlüsseln, Wagenhebern, Reifen, Kanistern, ausgebauten Motorteilen, Karosserieteilen

---

MANNHEIMER MORGEN Nr. 178　　　　　　　　　　　　Leserbrief vom 5. August 1993

Zum Thema: Ausländerfeindlichkeit

Ein Schock

Als unbescholtener farbiger Bürger, der seit über 23 Jahren in Deutschland lebt und arbeitet, kam ich am Sonntag, dem 25.7.93, gegen 22 Uhr mit meinem Onkel von einer Fernseh-Live-Sendung des WDR (Ich bin König von Ghana-Volta-Hohoe und regiere mein Land von Ludwigshafen aus) aus Düsseldorf am Hauptbahnhof in Mannheim an und wollte mit dem Taxi nach Hause gefahren werden.

Obwohl ich elegant gekleidet war und dem Taxifahrer höflich meinen Fahrwunsch mitteilte, verweigerte er mir grundlos strikt die Fahrbereitschaft. Zunächst erlitt ich einen Schock, ebenfalls mein Onkel, der zur Zeit bei mir während einer Geschäftsreise in Ludwigshafen wohnt. Schließlich fragte ich nach dem Warum, es kam zur Diskussion, ich geriet in Erregung. Plötzlich umringte mich eine Schar von Taxifahrern. Sie erklärten sich solidarisch mit ihrem Kollegen und bekundeten mir gegenüber unmißverständlich, daß niemand von ihnen uns fahren würde.

Da rief ich in meiner Bedrängnis die Polizei! Sie machte mir zu dem Vorfall im Beisein der Gruppe Taxifahrer klar, daß es ein Gesetz gäbe, nach dem die Taxifahrer die Erlaubnis hätten, sich ihre Fahrgäste nach Gutdünken auszuwählen. Ich kenne das Gesetz. Es besagt, daß Taxifahrer „auffälligen" Personen wie Betrunkenen etc. die Fahrbereitschaft verweigern können. Es steht jedoch nichts darin von Menschen verschiedener Nationalitäten, Rassen und Ausländern.

Céphas Bansah (21)

REPORTAGE vsd

LE SOUVERAIN D'UNE TRIBU GHANEENE VIT EN ALLEMAGNE
Profession : roi africain et garagiste

A Ludwigshafen am Rheim, en Allemagne, tout le monde connaît Cephas, le garagiste. Mais cet homme qui travaille douze heures par jour est aussi le souverain de la tribu des Gbis au Ghana. Nommé, à sa grande surprise, il y a deux ans, il a voulu rester dans son atelier et dirige par fax et par téléphone plus de 200 000 sujets. Il est sans doute le seul roi au monde à mettre les mains dans le cambouis.

H 4957 E
Juli · 7/94 · 4,50 DM · 48. Jg.

Die Glocke
Magazin für junge Menschen

Vom Jugenddorf zum Thron:
Der König in Ghana

INTERRAIL PUR ZEUGNISSE

Glocke-THEMA: Aids-Seelsorger im Gespräch

> **Zur Inthronisation**
>
> *Wir wünschen keine Habsucht.*
> *Wir wünschen nicht,*
> *daß er uns flucht.*
> *Wir wünschen nicht,*
> *daß sein Ohr zu hart ist,*
> *um zu hören.*
> *Wir wünschen nicht,*
> *daß er Menschen Narren nennt.*
> *Wir wünschen nicht,*
> *daß er alles selbst bestimmt.*
> *Wir wünschen nicht,*
> *daß er immer nur sagt*
> *„Ich habe keine Zeit,*
> *ich habe keine Zeit".*
> *Wir wünschen nicht,*
> *daß wir persönlich*
> *mißbraucht werden.*
> *Wir wünschen,*
> *daß er persönlich*
> *keine Gewalt anwendet ...*
>
> Aus: Paul Strand, Basil Davidson: Ghana
> An African Portrait. Gordon Fraser,
> London 1976, S. 52; Übersetzung: R. Freise

sowie einem, mit alten Zündkerzen randvoll gefüllten Bleifaß. Céphas Bansah, im blauen Anton, zumeist mit Ballonmütze anzutreffen, beschäftigt drei Arbeiter und drei Lehrlinge. Das Leben nimmt den gewohnten Gang: Die Arbeit in Ludwigshafen und die regelmäßigen Besuche in Hohoe. Dort stirbt 1987 sein Großvater, König von Hohoe, Gbi Traditional Ghana, und die Stammesältesten suchen viele Monate lang einen geeigneten Nachfolger.

Anfang April 1992 läutet bei Céphas Bansah das Telefon. Aus Hohoe teilt man ihm mit, die Stammesältesten haben jetzt nach langen Beratungen beschlossen, ihn zu bitten, die Thronfolge zu übernehmen. Céphas Bansah ist überrrascht und stolz zugleich. Er berichtet: *„Überrascht und stolz nahm ich das Erbe an. Nur ein Rechtshänder ist dazu auserkoren. Mein Vater und mein ältester Bruder, die vom Rang her für die Nachfolge bestimmt gewesen wären, sind Linkshänder. Und die linke Hand wird in meiner Heimat als unrein bezeichnet."*

Am 16. April 1992 wird Céphas Bansah in Hohoe in einer prunkvollen Zeremonie mit allen Insignien der Königswürde ausgezeichnet. Er steht nun an der Spitze der von zwölf Häuptlingen regierten 206 000 Untertanen der Volta-Region. Seine korrekte Anrede lautet: Togbui Ngoryifia Kosi Olatidoye Céphas Bansah König von Hohoe Gbi Traditional Ghana. Die in der Ewe-Sprache abgefaßten Worte heißen in der deutschen Übersetzung: **Togbui** steht für König, **Ngoryifia** für der Erste oder der Oberste, **Kosi** für männliches Sonntagskind, **Olatidoye** erinnert an den ersten König des Ewe-Volkes in Nigeria, einen Vorfahren der Mutter von Céphas Bansah. **Céphas Bansah** ist der Eigenname. **Hohoe** ist die Hauptstadt seines Reiches, **Gbi** der Regierungsbezirk.

Der Krönungszeremonie voraus geht eine tagelang dauernde, nicht schmerzlose Quarantäne. Älteste und Medizinmänner weihen ihn gemäß den Riten des Landes, schneiden ihn an zwölf Körperteilen (zwölf, weil sein Land zwölf Stämme hat) mit scharfen Messern und tragen auf die stark blutenden Wunden schwarzes Pulver auf. Dann wird ein Schaf geschlachtet. Der König muß das Blut trinken. Dadurch wird er gegen die Machenschaften anderer Menschen immun. Er berichtet: *„Die Zeremonie war für mich so anstrengend, daß ich nicht mehr bereit war, den Thron zu übernehmen. Drei Tage und drei Nächte Trommeln. Und alte Frauen und alte Männer, die mir ihre Medizin verabreichten. Aber sie hatten mich gewählt. Ich hatte keine andere Chance ..."*

Dann findet die große Krönungszeremonie statt. Zehntausende nehmen teil, achten darauf, daß ihr neuer König trotz der Strapazen weder flucht, noch mit der linken Hand auf seine Untertanen zeigt, noch Alkohol zu sich nimmt, sonst wird er nicht akzeptiert. *„12 deutsche Persönlichkeiten, eine Auswahl meiner besten Freunde, nehmen teil. Sie sind mit mir durch die harten Anfangsjahre in Deutschland gegangen. Sie sollen nun auch an meiner Freude teilhaben. Es ist eine wundervolle Atmosphäre der Harmonie und gegenseitigen Wertschätzung und für mich eine ganz besondere Ehre, mit meinen deutschen Freunden meine afrikanische Krönung zu feiern."*

War zu Gast bei „Boulevard Bio": Cephas Bansah, König aus Ghana, der in Ludwigshafen eine Autowerkstatt hat und seine Untertanen meist per Fax regiert

Die Royals aus Afrika
Sogar ein Deutscher ist darunter

oben links: Der stolze Vater in Zivil mit seinen Kindern Katharina Akosua Fatuma Bansah und Carlo Koku Bansah. Beide bereiten sich auf das Abitur vor

PORTRÄT

EIN KÖNIG AUS DEM JUGENDDORF

Die besten Geschichten schreibt das Leben. Dies ist die Geschichte von Céphas Bansah, der in Deutschland lebt, aber zum König in Ghana wurde.

Der ghanaische Junge erblickt am 28. August 1948 in der Stadt Hohoo das Licht der Welt, besucht die Volksschule, dann eine Art Technikum und wird im Jahre 1970 von seinen klugen, vorausschauenden Eltern auf einen 6000 km weiten Austausch-Weg nach Deutschland in Marsch gesetzt. Zur Ausbildung als Landmaschinenbauer, geborgen unter dem Dach des Jugenddorfes Limburgerhof bei Ludwigshafen. Hier biß er sich durch: durch die fremde Welt, die fremde Kost, die fremde Sprache, das Heimweh, die strenge Lehre, die Berufsschule, die Prüfung. Céphas Bansah weiß und vergißt es nicht: andere haben ihm geholfen, vor allem der Chef der Landmaschinenfirma Schweitzer, der ihn heute noch wie ein Vater berät; auch das Jugenddorf, an das er sich gern erinnert wie an ein zweites Zuhause (und wo man sich ebenso gern an den jungen Schwarzafrikaner erinnert: "ein prima Kerl, dieser Céphas, freundlich, fleißig, anständig, zuvorkommend", so urteilt der Jugenddorf-Senior Karl Lengning, jetzt Rentner in Neuhofen).

Der freundliche kleine Kerl", damals 48 Kilo leicht, begnügte sich nicht mit der Gesellenprüfung, er biß sich weiter durch: im Sport bis zum Pfälzer Boxmeister (im Fliegengewicht), im Beruf bis zum Landmaschinenmeister (mit der Note "sehr gut"). Und setzte noch einen drauf: Meister im Kfz-Gewerbe.

Also führte die Geschichte, die das Leben schrieb, zu einem schönen, verdienten Höhepunkt: Céphas wird Besitzer einer gutgehenden Autoreparaturfirma in Ludwigshafen, ist verheiratet mit einer blonden intelligenten Frau namens Gabriele, hat einen aufgeweckten Sohn Carlo (jetzt 13), eine liebe Tochter Katharina (12), beschäftigt drei Gesellen und bewohnt ein schönes Haus. "Es gefällt mir in Deutschland", sagt er gelassen. "Aber ich bleibe immer schwarz".

Auch immer noch frieren muß der Afrikaner, obwohl er doch schon 24 Jahre hier lebt. So trägt er zu seinem flotten "Blaumann" stets seine bunte Ballonmütze, manchmal auch eine dicke russische Pelzkappe mit Ohrenschutz. Wenn der drahtige, inzwischen 68 Kilo wiegende Mittvierziger (der glatt zehn Jahre jünger aussieht) durch seine Werkstatt voller Autos geht, an der Wand das Schild: "Schweißarbeiten Céphas Bansah Kfz- und Landmaschinenmeister", die branchenüblichen Pin-up-Girls und und seine beiden Meisterdiplome, wenn er mit einem Lehrling spricht oder selber in die Grube steigt, den neuen Auspuff in der Hand, wenn er im Büro schnell mal nach dem Fax guckt, wo meistens etwas hängt, dann wieder freundlich eine aufgeregte Kundin beruhigt: sie könne unbesorgt mit der frischen Delle unter der Tür weiterfahren, die könne man "doch später mal" reparieren. Oder wenn er einem anderen Kunden, der sich wegen eines Blechschadens grämt, wirkliche Not, die er von seinem Heimatland her kennt, vor Augen führt: Immer freundlich, immer menschlich und gütig wie ein Seelsorger ("Ja", meint der getaufte evangelische Christ, "manchmal komme ich mir schon vor wie ein Seelsorger"). Alles in allem: Jeder Zoll ein Chef, diplomierter Profi, angesehener Bürger, gemachter Mann. Herz, was willst du mehr?

Es wurde mehr, viel mehr. Eines Tages Anruf aus Ghana. Mitteilung des Stammesältesten: Céphas sei König geworden, König über das riesige Stammesgebiet der Hohoo Gbi in der Volta-Region, so groß wie Rheinland-Pfalz.

Ihre Majestät, KFZ-Meister Céphas Bansah

»Die Glocke«
Magazin für junge Meschen
Juli 7/94

Nachdem der neue König nun zuständig für alle sozialen Belange seiner Untertanen ist, die in einem Land von der Größenordnung von Rheinland-Pfalz leben, möchte er die hohen Erwartungen seines Volkes nicht enttäuschen. Das Wechselbad zwischen der alltäglichen Arbeit im eigenen Betrieb und die Königswürde in Afrika empfindet er als willkommene, wenn auch extravagante Herausforderung. Die Doppelbelastung sieht ihm keiner an.

Die Königswürde verpflichtet. Die Bedeutung spiegelt sich in der Unterschrift wider: die zwei Beine des Königs, beginnend an den Punkten, symbolisieren die Verantwortung, die er gegenüber den ihm untergebenen Stämmen trägt. Das sind die Kreise entlang der vertikalen Achse. Der König steht in der Mitte. Das verdeutlicht auch der äußere und größere Kreis. Die inneren Kreise stehen für seine Frau und für seine Kinder. Sein Volk und seine Familie sind von seiner Lebenszeit abhängig. Deshalb tangiert seine Lebenslinie Volk und Familie in der Horizontalen.

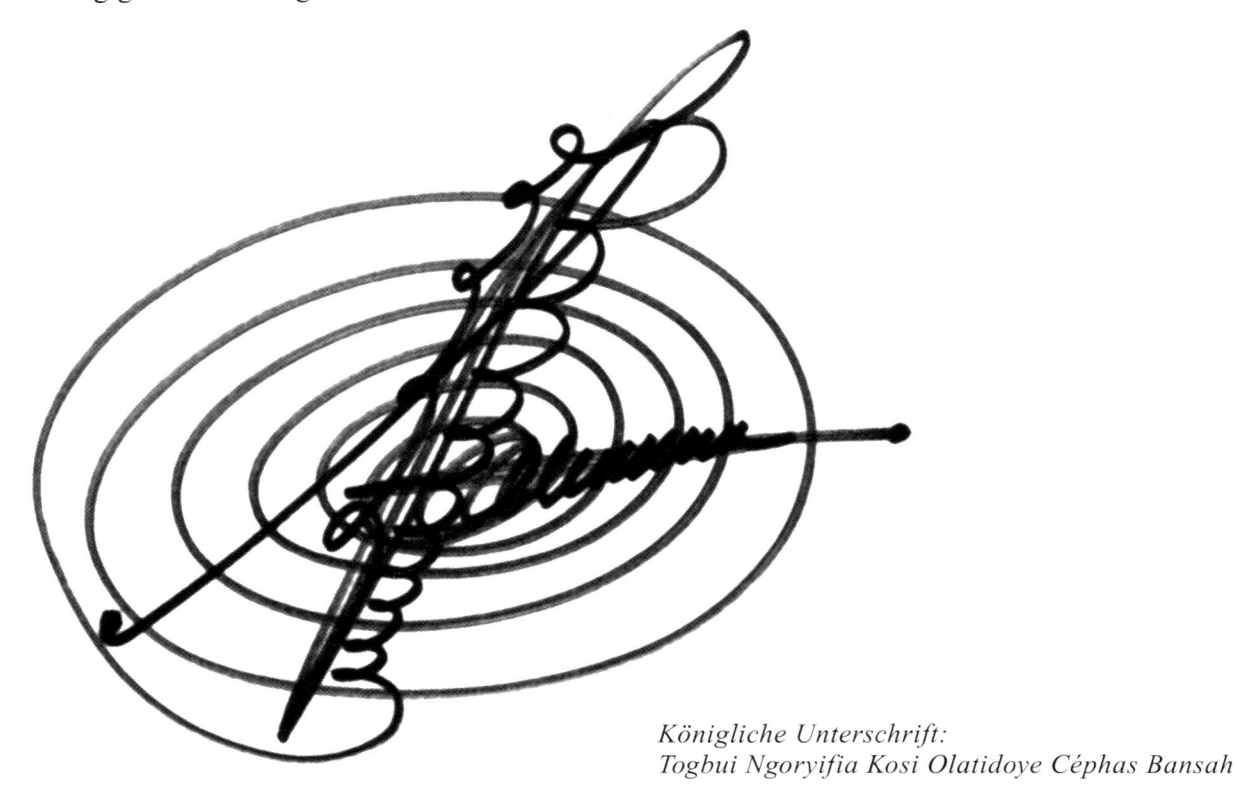

Königliche Unterschrift:
Togbui Ngoryifia Kosi Olatidoye Céphas Bansah

Wenn der König eine Audienz gibt, empfängt er in seinem Herrschergewand. Die Figuren auf seinem Zepter zeigen, wie er seinen Untertanen hilft, auf die Bäume zu klettern und die Früchte zu ernten. Der Armschmuck steht für Liebe und Tod. Das „Voodoosike" über dem Thron verkörpert Potenz. Die ihn umgebenden Figuren und Masken haben ihre eigene Bedeutung. Der mit Leder bespannte Thronsessel, die in der linken Hand gehaltenen Tierhaare, der Teufel, der zweimal abgebildete Akt einer Hinrichtung, wobei dem gefesselten Delinquenten ein Kreuz durch die Wangen gestoßen wird, damit er nicht mehr schreien kann – das alles ist von großer Bedeutung (siehe 3. Umschlagseite).

Alle Audienzen laufen nach strengen protokollarischen Regeln ab. Immer sitzt ein Kind zu Füßen des Königs, der diese Tradition mit folgenden Worten erklärt: *„Wir lassen immer ein Kind vorne sitzen. Das ist schwarze Magie. Weil ein König den anderen König verdrängen will, versucht er, mit Zaubertricks zum Ziel zu kommen. Wenn ein Kind zu Füßen des Königs sitzt, verliert der Zauber seine Kraft. Wenn ein Getränk angeboten wird, muß das Kind zuerst trinken. Wer den König*

*Freunde beim Jubiläumsfestakt der CDU: in der vorderen Reihe
CDU-Kreisvorsitzender Josef Keller, Hannelore Kohl, König Bansah,
CDU-Bundesvorsitzender Dr. Helmut Kohl und Albin Fleck aus Oggersheim*

*Eintragung im Goldenen Buch der Stadt Ludwigshafen.
Oberbürgermeister Dr. Wolfgang Schulte bittet um eine Unterschrift*

NACHGEFRAGT:

Kosi Céphas Bansah
Automechaniker und König

Der 45-jährige Céphas Bansah, der in Ludwigshafen eine Autowerkstatt betreibt, ist inzwischen in ganz Deutschland bekannt. Bansah ist nämlich König der Region Gbi. Sein Reich liegt am Voltasee in Ghana. Er regiert seine etwa 206.000 „Untertanen" mittels Fax und Funktelefon. Seit 1970 lebt Kosi Céphas Bansah in Deutschland, 1975 holte er sich hier den Bezirksmeistertitel im Boxen.

Was lieben Sie am Leben? Die Gesundheit

Was ringt Ihnen Respekt ab? Ich habe Respekt für alle Menschen.

Wovor fürchten Sie sich? Vor nichts.

In wessen Haut möchten Sie gerne einmal schlüpfen? In die eines Priesters.

Was bedeutet Ihnen Besitz? Nichts.

Welcher Versuchung können Sie nicht widerstehen? Heiße Milch mit Honig.

Was würden Sie tun, wenn Sie 1 Jahr Urlaub hätten? In den Busch zurückgehen.

Wo möchten Sie einmal „Mäuschen" spielen? Im Paradies.

Wem möchten Sie einmal die Meinung sagen? Beim Jugendamt, dem Familiengericht, bei der Strafjustiz und in der Kirche.

Was würden Sie verändern? Kinder sollten öfter zur Kirche gehen, die Todesstrafe sollte wieder eingeführt werden.

Welches war Ihr größtes Glück? Nach Deutschland zu kommen.

Welches ist Ihre schlechteste Eigenschaft? Die Einstellung: Wenn heute nicht, dann morgen.

Welchen Luxus leisten Sie sich? Teure Geräte für meine Werkstatt.

Was verachten Sie am meisten? Wenn Kinder rauchen und Drogen nehmen.

Mit wem möchten Sie einmal zu Abend essen? Mit dem Ludwigshafener Oberbürgermeister Wolfgang Schulte.

Worauf achten Sie bei einem Menschen zuerst? Was er spricht.

Ihr Traumwochenende? In einem Altenheim die Leute zu unterhalten.

Was fällt Ihnen zum Thema Friedhöfe ein? Frieden und Ruhe.

Was ist Ihr Lebensmotto? Kämpfen.

(22)

vergiften will, sieht das Kind zuerst sterben. Und das Kind ist unschuldig. Deshalb, weil keiner ein unschuldiges Kind töten will, überlebt der König."

Vor dem Thron stehen außerdem zwei Wächter. Wenn Bittsteller kommen, haben sie zuerst einem der Wächter ihr Anliegen vorzutragen. Zur Bekräftigung ihres Anliegens bringen die Bittsteller Gin für die Geister und Früchte für den König mit. Kniend warten sie die Entscheidung des Königs ab, bis sie nach dem erlösenden „Ago Ame" (dem, der die Sprache vermittelt) Gnade auf Anhörung finden. Auf den Wink des Königs tragen sie nun ihr Gesuch vor und erbitten seinen Rat.

Togbui Ngoryifia Kosi Olatidoye Céphas Bansah, König von Hohoe Gbi, hat nicht den Hauch einer Chance, die jahrhundertealten Protokollvorschriften bei diesen Audienzen zu ändern. Ein Wunder ist es daher, daß die Stammesältesten seine Rückkehr in die neue Heimat akzeptieren. Denn als König ist er Leitfigur. Was er sagt oder verkünden läßt, ist in der Volta-Region für alle verbindlich. Was er anordnet, muß von jedem befolgt werden. Jedoch verfügt die von ihm regierte Region über keine eigene Gerichtsbarkeit, so daß nur bei kleineren Delikten vor Ort entschieden werden kann und die Straftäter in das Gefängnis eingeliefert werden. Schwere Straftaten müssen der Regierung gemeldet werden. Dort wird dann entschieden. Der König kommentiert das mit den Worten: *„Ich bin nicht dort und kann daher nicht mitentscheiden."*

Er fährt fort: *„Mit einer Königswürde und einer neuen Verantwortung kehrte ich von Hohoe als Arbeiter nach Ludwigshafen zurück. Ich weiß, daß ich nur durch eigene Arbeit für mich und mein Volk einen besseren Lebensstandard erreichen kann ..."*

Anmerkungen:

(19) s. o. (14)
(20) utk: Die Rheinpfalz, 28.9.1994
(21) Leserbrief in: Mannheimer Morgen, 5.8.1993
(22) Nachgefragt. In: Die Rheinpfalz, 23.3.1994

*Kofi Atta Annan, der neue Generalsekretär an der Spitze der UN,
Nachfahre eines Stammeshäuptlings aus Ghana, dankt seinem Landsmann Céphas Bansah
für dessen Glückwünsche zur einstimmigen Wahl*

Das wirtschaftliche Leben

„In einer Entfernung von zwölf bis vierzehn Fuß werden zwölf Zapfen eingeschlagen. Das sind die Zapfen für das Gewebe *aba wuieve*, „zwölfhandbreit" genannt. Will man ein Mannskleid weben, so schlägt man elf Zapfen auf die eine und zehn auf die andere Seite diesen gegenüber und schlingt das Garn um diese Zapfen. Das sind die Zapfen für ein Kleid von zwanzig Handbreiten. Man nimmt blauen und weißen Baumwollfaden und mischt ihn. Ist das geschehen, so wird es zusammengewickelt, durchschnitten, durch die *no* und dann durch das *age* (ein kammähnliches Holz) gezogen. Nun hängt man diese beiden an eine Stange, *lakui*, die (quer) über den Webstuhl gelegt wird. Hernach fängt man an zu weben.

Weber am Webstuhl
1. lakui.   2. kubleti   3. agbatro̱ti   4. no   5. aba.   6. das aufgerollte Gewebe

Das Holz, in dem das Garn zum Weben ist, heißt das Schiff, und das Holz, um welches das Gewebe gewickelt wird, *kubleti*. In diesem Holz sind vier Löcher, in deren eines ein Nagel, *agbatro̱ti*, gesteckt wird, mit dem man das Holz dreht. (Je nach Bedürfnis dreht der Weber den Stock und dreht das Gewebe darauf auf.) Das macht er so lange bis das Kleid fertig gewebt ist. Dann schneidet man das Kleid davon ab. Ist es ein Mannskleid, so wird dasselbe mit $1^{1}/_{2}$ *abo̱*[1]) abgeschnitten. Dann näht man die einzelnen Streifen (Handbreiten) zu einem Kleid zusammen und verkauft es."

---

[1]) *abo̱* ist die Entfernung von einer Handspitze zur anderen bei ausgestreckten Armen.
Aus: Jakob Spieth s.o. (14) I. Der Ho-Stamm, 4. Kapitel, 4. Hauptabschnitt, Das wirtschaftliche Leben, S. 406

Entwicklungshelfer für die Untertanen

Die weiße Küchenzeile im Landhausstil, ein Küchentisch, umringt von einer Eckbank und Stühlen, geschnitzte Wandmasken, der mit Gold beschlagene Thron aus Eichenholz und den beiden sorgfältig präparierten Leoparden, neben und auf dem Mikrowellenofen je einen Videorecorder, darüber der TV-Apparat, auf der Anrichte ein Berg von Cassetten, auf dem Tisch mehrere Telefone, auf der Sitzbank ein Posten T-Shirts mit dem Bild des Königs, daneben viel Folkloristisches, Ordner voller Fotos und Zeitungsausschnitte und mittendrin die Majestät im „blauen Anton", die sich bei jedem neuen Besucher in der Kunst des Händeschüttelns übt, Gastfreundschaft zelebriert und die Fähigkeit seines Volkes im freien Erzählen in gutturalem Deutsch pflegt.

Für Majestätsallüren ist keine Zeit. Denn der Unternehmer Bansah ist gefragt und gefordert. Kunden kommen und gehen. Alle haben es eilig. Alles soll möglichst schnell und möglichst billig repariert werden. Und zwischendurch klingeln die Telefone. Dabei ersetzt die Ewe-Tradition des mündlichen Gedankenaustausches den umständlicheren Schriftverkehr.

Wie der König dabei noch das Kunststück vollbringt, seine Untertanen über eine Distanz von 6 000 Kilometern zu regieren? Jeden Abend läutet das Telefon dreimal in der Wohnung des Togbui. Dann wählt Céphas Bansah eine elfstellige Nummer in Hohoe. Dort ist sein Bruder am Apparat. Im Telegrammstil werden die Anliegen besprochen und Entscheidungen getroffen. Zur Sicherheit bestätigt der König seine Ratschläge und Anweisungen per Telefax. Eine vierstellige Summe kosten ihn pro Monat die telefonischen Regierungsgeschäfte. Zusätzlich fliegt er mehrere Male im Jahr nach Ghana und sieht dort nach dem Rechten.

Denn die Probleme werden per Distanz nicht einfacher. In Hohoe ist die Zahl der Einwohner in knapp vierzig Jahren von 10 000 auf 40 000 gestiegen. Obwohl er mit Hilfe moderner Nachrichtenmittel sein Volk regiert und damit seinen Untertanen das Bewußtsein eines neuen Zeitbegriffes zu vermitteln sucht, Einsichten, daß ein von Generationen übernommenes Zeitalter zu Ende gegangen ist, daß schöpferische Fantasie auch in Hohoe gefragt und gefordert ist: er selbst muß immer wieder vor Ort präsent sein. Denn trotz des gestrengen höfischen Zeremoniells, das dies eigentlich verbietet, will sein Volk „einen König zum Anfassen".

In sechseinhalb Stunden reist der Togbui mit einer der DC-Maschinen der „Ghana Airways" von Düsseldorf nach Accra. Die nach eigenem Bekunden „freundliche Fluggesellschaft" macht es möglich: jeden Dienstagvormittag direkt und jeden Freitagvormittag über Rom nach Accra. Von Accra nach Hohoe sind es dann nur noch 300 Kilometer.

Hohoe, das Zentrum des nördlichen Voltagebietes, ist trotz seiner entlegenen Grenzlage nicht aus der Welt. Hohoe verfügt über ein Postamt, ein Krankenhaus, einen Markt, ein Kino, einige Bankfilialen, Tankstellen sowie über mehrere Schulen. Touristen verirren sich kaum hierher: trotz der naheliegenden schönen Bergregionen mit versteckten Wasserfällen, romantischen Kalksteinhöhlen und Grotten. Dabei ist der Wli-Wasserfall an der Grenze zu Togo, östlich von Hohoe, inmitten eines Naturschutzgebietes mit Tausenden von Vögeln, Schmetterlingen und Fledermäusen, ebenso eine Reise wert wie Ghanas höchster Berg Afadzato knapp unter 1 000 m sowie die Fahrt nach Kpandu, 70 Kilometer von Hohoe gelegen, an den Ufern des Voltasees. Auf dem Volta-Stausee hat die deutsche Entwicklungshilfe das über 400 Kilometer reichende Transportsystem mit einem Betrag von 116 Mio DM gefördert.

Pastor Erhard Mische von der „Norddeutschen Mission", Bremen, berichtet in diesem Zusammenhang von weiteren Subventionen der deutschen Entwicklungshilfe bis Ende 1992: *„In der Ost-Region Ghanas wurde die ländliche Trinkwasserversorgung mit 3 000 Brunnen verbessert. In Nord-Ghana wurden 20 Millionen DM zur Förderung der Kleinbauern bewilligt, damit sich die*

Kfz-Mechaniker Cepas Bansah mit Faxgerät und Telefon:

Im Nebenberuf ist er König

Der Gmünder Peter Thalhofer leistet Entwicklungshilfe / 46 Wasserpumpen

Schwäbisch Gmünd (al). Er heißt Cepas Kosi Bansah, wohnt in Ludwigshafen und betreibt dort eine Kfz-Werkstatt. Nebenberuflich ist Cepas Bansah König von Hohoe.

Seine Untertanen in Ghana bekommen den blaublütigen Kfz-Mechaniker aus Ludwigshafen nicht allzu oft zu Gesicht, so daß neben Krone und Zepter vor allem Telefon und Faxgerät als vorherrschende Herrschaftsutensilien herhalten müssen.

Keine Geschichte aus 1001 Nacht, sondern diese wahre, wenn auch etwas verrückte Begebenheit wurde in den letzten Wochen und Monaten von Medien und Talkshows aufgegriffen. Sofort Feuer und Flamme war Peter Thalhofer, der seit vielen Jahren als engagierter Behindertenbetreuer im DRK-Kreisverband einsetzt.

Als leidenschaftlicher Autogrammjäger sah Thalhofer die Gelegenheit, seine blaublütige Unterschriften-Sammlung zu vervollständigen. Thalhofer nahm Kontakt auf und war sofort fasziniert von seiner Königlichen Hoheit. Spontan sagte Thalhofer seinen Beitrag zur Entwicklungshilfe zu, die in der ghanaischen Provinz Hohoe auch bitter nötig ist.

Was der Gmünder zu berichten weiß, klingt schon verrückt: Als der König von Hohoe – der Großvater von Cepas Bansah – verstorben war, wurde im schwarzafrikanischen Königreich fieberhaft nach einem Nachfolger gesucht. Da der Vater von Cepas Bansah aber Linkshänder war, was als unrein gilt, war der Enkel aus Ludwigshafen an der Reihe.

Obwohl der neue Monarch seit Jahren in Deutschland lebt und dort auch seine Ausbildung vollendet hat, kümmerte sich Cepas Bansah von Anfang an mit viel Elan um die Geschicke seiner Untertanen. Auch gerade deshalb hat Cepas Bansah den Gmünder Thalhofer besonders ins Herz geschlossen, denn dieser machte sich mit Elan an die Arbeit, ließ seine Beziehungen im Gesundheitswesen spielen und brachte so einen Berg von gespendeten Hilfsgütern zusammen.

Am vergangenen Samstag fuhr Thalhofer mit einem von Gipsermeister Wamsler zur Verfügung gestellten Lkw nach Ludwigshafen und lud 46 Wasserpumpen, 18 Krankenbetten, Rollstühle, Krücken, Medizin, Verbandsmaterial und Brillen im Wert von mehreren hunderttausend Mark ab.

Als Dank erhielt der Gmünder Entwicklungshelfer von seinem königlichen Freund eine Urkunde, „die mir sehr viel bedeutet", so Peter Thalhofer selbst. In dieser hohen Auszeichnung heißt es: „In Anerkennung und Würdigung besonderer Zuwendungen und Hilfen für das Königreich von Hohoe."

Wenn es nach Peter Thalhofer geht, soll dies keine einmalige Aktion bleiben. Er plant schon die nächste Fuhre und betont, daß im Grund jedermann einen Beitrag zu dieser konkreten Entwicklungshilfe leisten könne. Wer also alte Kleider, Küchengeräte oder sonstiges zur Verfügung stellen möchte, kann sich bei Peter Thalhofer, Telefon (0 71 71) 8 16 06, melden.

König Cepas Bansah von Horoe, eskortiert von Peter Thalhofer (rechts) und Jörg Mößner, freute sich über eine große Zahl von Hilfsgütern.

GMÜNDER TAGESPOST – Lokales, Nummer 44, Mittwoch, 23. Februar 1994, Seite 15

Einen Baum zu pflanzen ist ein Zeichen der Hoffnung, und in Ghana gilt dies als Grundsteinlegung: Peter Thalhofer (beim Pflanzen), Herwig Ruch (links) und Christa Schader waren in Hohoe, um die Voraussetzungen für das Berufsschulprojekt des Fördervereins zu prüfen.

Hohoe dankt für großzügige Hilfeleistungen

Das Eintreffen der Spenden wird mit einem Volksfest gefeiert

Ernährungssituation verbessert. In der Hauptstadt Accra beteiligt sich die Bundesrepublik Deutschland an der Neuorganisation der Abfallbeseitigung. Ein Programm zur Stärkung der lokalen und regionalen Verwaltungsstrukturen wird mitfinanziert. Ghana gehört zu den ärmsten Ländern der Welt. Es verfügt über reiche Bodenschätze wie Gold, Diamanten, Bauxit und Mangan. Aber es braucht Unterstützung, die sowohl das Wirtschaftswachstum fördert und wirkungsvoller als bisher die Armut bekämpft." (23)

Céphas Bansah setzt alle Energien dafür ein, seinem Volk, den Bauern und Handwerkern, den zum überwiegenden Teil immer noch vom Anbau von Mais-, Maniok- und Yamswurzeln lebenden Untertanen, das Leben zu erleichtern. Ihre Probleme sind auch seine Probleme. Ihre Sorgen sind auch seine Sorgen. Sein von der Landwirtschaft abhängiges Volk hat niemals Raubbau getrieben. Es wurde nie mehr angebaut oder erbeutet als unbedingt zum Leben benötigt worden ist.

Was sich bewährt hat, verändert man in Hohoe nur ungern. Was man als ausreichend empfindet, versucht man nicht noch besser zu machen. Die Leute von Hohoe sind keine Weltverbesserer. Ihre Welt sieht ganz anders aus als in Deutschland, wo alles Machbare ausprobiert wird.

Die Ewe in und um Hohoe verfügen weder über Rohstoffe noch über Industrieanlagen oder Forschungsmöglichkeiten. Sie haben nichts als den Boden zum Roden, Bepflanzen und Ernten. Aber die Anbaufläche wird nicht größer. Und die Bevölkerung wächst: in 40 Jahren von zehn- auf vierzigtausend. Was die Wissenschaft als denkbare Lösung dieses Problems anbietet: Geburtenkontrolle, wird wenig genutzt.

Kinder gelten immer noch als Kapitalanlage. Wer wenig Kinder hat, wird bedauert. Das Wort von Togbui Ngoryifia Kosi Olatidoye Céphas Bansah an die Untertanen wird mehr bestaunt als befolgt: *„Ihr müßt mehr arbeiten und weniger Kinder machen."*

Die Worte Arbeit und Freizeit kommen in dem von ihm regierten Sprachbereich nicht vor. Der Tag ist eine Einheit – gemischt aus Tätigkeit und Untätigkeit. Was immer einer tut, ist Bestandteil seines Lebens. Es gibt kleine und große Herausforderungen, kleine und große Erfolgserlebnisse, Geschicklichkeit, die Anerkennung findet. Alles ist eingegliedert in einen Zusammenhang von Sinn und Notwendigkeit, den Problemen des Tages Herr zu werden. In Hohoe wie überall in Afrika unterliegt die Zeit anderen Gesetzmäßigkeiten. Das zielgerichtete und zukunftsbetonte Zeitbewußtsein der Europäer gilt für Afrika nicht. Dort ist die Zeit mehr vergangenheits- als zukunftsorientiert. Zukunft ist ein irreales Phänomen, weil sie abstrakt und noch nicht Wirklichkeit geworden ist. Deshalb werden Neuerungen nur zögernd in Angriff genommen.

Die allgemeine Schulpflicht macht es seit 1957 möglich, Bildung und Ausbildung nicht mehr als festen, abgeschlossenen Zustand zu begreifen, sondern als einen lebenslangen, sich ständig erneuernden Prozeß zu akzeptieren, Wissen und Erkenntnis als Fundament für Überlebenstraining zu nutzen. Aber nicht alle Kinder machen von dieser Schulpflicht Gebrauch. Ihre Arbeitskraft zu Hause ist den Eltern wichtiger. Der König denkt an seinen eigenen Lebensweg und handelt. Sein Wissen als Kraftfahrzeugmeister und Landmaschinen-Mechanikermeister „exportiert" er nach Hohoe. Dort gründet er eine Berufsschule mit Kfz-Werkstatt (siehe auch Seite 64).

Er erklärt diese Maßnahme mit nachstehenden Worten: *„Die in meinem Vaterland heranwachsenden Kinder sollen von meinem Wissen und Können in Ghana profitieren. Ich wünsche mir, daß sie daraus Nutzen für sich und unser Land ziehen. Die Finanzierung dieses auf die Zukunft ausgerichteten Projektes verpflichtet mich, in Ludwigshafen zu bleiben, zu arbeiten und die Berufsschule bestens mit Gerätschaften auszustatten. Man kann auch aus deutschem „Schrott" ein funktionales Autoteil bauen. Wir wollen es beweisen. Ich freue mich über jede Unterstützung."*

Daimler-Benz macht den Anfang und stellt Céphas Bansah vier Hebebühnen für die Werkstatt in Hohoe zur Verfügung. Dadurch ermutigt, nimmt der König von Hohoe gleich das nächste Problem in Angriff: die Wasserversorgung in Hohoe. Der aus den Togo-Bergen entspringende und in den

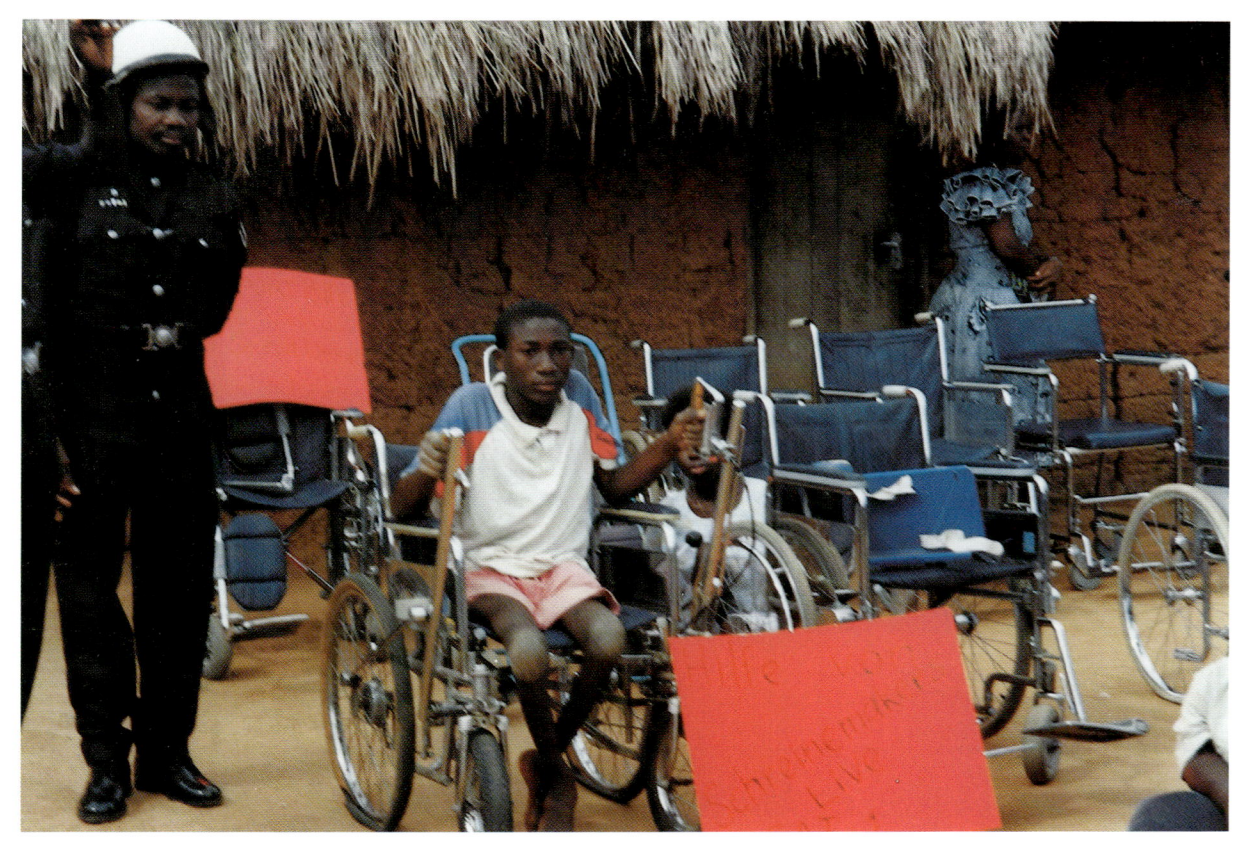

Einer der dankbaren Abnehmer für die 25 gestifteten Rollstühle

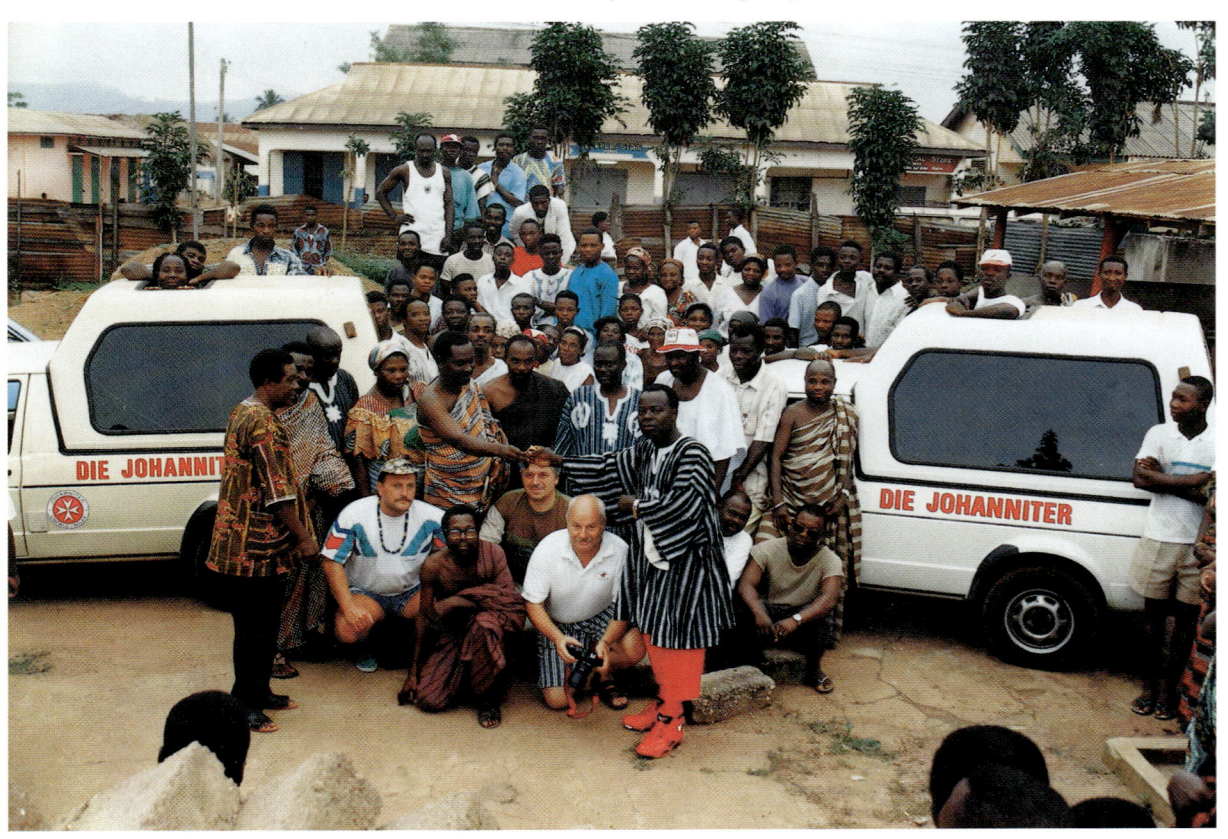

Begeisterung für die von den Johannitern gespendeten Fahrzeuge

Gbi Traditional Area to have technical institution

From 'Times' Reporter, Hohoe

A German charitable organisationl Foerderverein - Hohoe, Ghana -E.V. is sponsoring the establishment of a technical-commercial school in the Gbi Traditional Area in the Hohoe District in honour of Togbe Kosi Bansah I, Ngoryifia (Nkosuohene) of the area.

The organisation, based in Schwaehisch Gmueud has already voted ¢200 million for the construction of the school block.

In addition, ¢150 million is being used to purchase machinery and other equipment for the school.

Mr Peter Thalhofer, chairman of the organisation and Togbe Bansah, who are leading a four-man delegation of the organisation into the country in connection with the project disclosed these to the 'Times' at Hohoe on Tuesday.

They said the drawings for the project were ready and land preparation had began on a plot of land situated between Gbi-Atabu and Gbi-Kledjo.

According to the plan, the school would have an agricultural mechanisation department, auto-electrical, auto-mechanical and a machine workshop.

It will also have plumbing and carpentry departments, a canteen and a clinic with ambulance service.

Togbe Bansah said the commercial department would have a computer training centre.

He said work on the school, which would be executed in phases, would begin in July with the building of classrooms and workshops with the initial amount voted for it.

Other members of the team are Mr Herwia Ruch, an architect and Madam Crista Schader, an artist-designer.

Die genannten Summen:
¢ 200 Millionen, bzw. ¢ 150 Millionen
entsprechen 200 000 DM, bzw. 150 000 DM

Die „Ghanain Times" berichtet am 11. April 1996 über das anspruchsvolle Projekt

Mitglieder des Fördervereins Hohoe waren an Ort und Stelle in Ghana
Schon einen kleinen Mangobaum gepflanzt
Die Voraussetzungen für das Berufsschulprojekt sind vorhanden / Weitere Spenden werden benötigt

SCHWÄBISCH GMÜND (rw) – Ein Architekturmodell im Maßstab 1 : 500 und den Bauplatz gibt es schon. Was hierzulande der Grundsteinlegung enstpricht, ist auch schon geschehen: Peter Thalhofer, der Vorsitzende des Fördervereins Hohoe, Ghana, pflanzte an Ort und Stelle einen kleinen Mangobaum. Thalhofer, Vereinsvorstandsmitglied Christa Schader und Architekt Herwig Ruch waren über Ostern in Hohoe, um Grundstück und weitere Voraussetzungen zu überprüfen.

Peter Thalhofer, ein passionierter Autogrammsammler aus Bettringen, machte die Bekanntschaft von Cephas Bansah vor Jahren. Der Ghanaer, mit einer Deutschen verheiratet, betreibt in Ludwigshafen eine Kfz-Werkstatt und ist König von Hohoe und seiner Umgebung, durchaus mehr als ein bloß formeller Titel. Vor knapp einem Jahr fand im Gmünder Landratsamt eine Ausstellung mit kunsthandwerklichen Arbeiten aus dieser afrikanischen Region statt. Damals wurde der Gedanken geboren, eine Berufsschule in Hohoe aufzubauen. Thalhofer gründete einen Förderverein, der als gemeinnnützig anerkannt ist und inzwischen 30 Mitglieder zählt. Eine erste Spendensammlung erbrachte 2000 Mark. Aus dem Verkauf von kunsthandwerklichen Arbeiten kamen inzwischen noch einige hundert Mark hinzu.

Von dem Heubacher Architekt Herwig Ruch, ebenfalls Vereinsmitglied, stammen die Pläne für das Vorhaben, das in fünf Abschnitten verwirklicht werden soll. Die Gesamtkosten belaufen sich auf zirka 160 000 Mark – eine Menge Geld, wiewohl sie in der ghanaischen Landeswährung Cedi noch weitaus gigantischer anmutet – da sind es 163 Millionen. Auf ihrer einwöchigen Reise (aus der eigenen Tasche bezahlt) machten sich Thalhofer, Schader und Ruch kundig. Hohoe, eine Stadt von 30000 Einwohnern, liegt 360 Kilometer nördlich von der an der Küste gelegenen Hauptstadt Accra und 30 Kilometer östlich des Volta-Sees. Es ist ein verhältnismäßig armes, aber klimatisch günstiges Gebiet, das durchschnittliche Monatseinkommen der Bewohner liegt bei 70 Mark.

Die Vereinsmitglieder besahen sich die Grundstückslage. Es liegt an einer Gemeindeverbindungsstraße, die Anschlüsse an Wasser und Strom sind gewährleistet, sagt Herwig Ruch. Das noch zu rodende Areal gehört König Bansah. Die Berufsschule – eher eine Ausbildungsstätte, die zugleich Reparaturwerkstatt ist – soll sich, wenn sie einmal steht, selber tragen: eine landesübliche Version eines Lehrbetriebs. Die Gebäude bilden ein Karree, das abschnittsweise zustande kommt, je nach Mittelfluß. Vorgesehen sind Gebäude für Kfz- und Landmaschinen-Reparatur, für Elektriker, ein Schulungsbereich und ein EDV-Bereich samt Ambulanz. Vertraglich soll festgelegt werden, daß die Schule in der Hand des Fördervereins bleibt. Das sei wegen des Mitspracherechts unabdingbar. Geld werde immer erst dann fließen, wenn eine Leistung nachgewiesen ist. Ruch: „Wir gehen nach dem afrikanischen System vor: Wir sammeln, dann fangen wir an, sammeln erneut und machen weiter." Baubeginn könne bei einem angesammelten Kapital von 20000 bis 30000 Mark sein – also noch ein ziemlich weiter Weg bis dorthin. Die Vereinsmitglieder sind zuversichtlich: Man will Aktionen veranstalten, die Mundpropaganda soll wirken und man will weiter die Werbetrommel rühren.

Die Grundsteinlegung und das geplante Berufsschulprojekt werden in der
„Rems-Zeitung" am 26. April 1996 ausführlich besprochen

VOLTA ASSOCIATION OF THE PHYSICALLY DISABLED

(HEAD - QUARTERS)

Motto:- *Disabled not Unable*

BANKERS
Ghana Commercial Bank, Hohoe

P. O. Box 588
Hohoe V. R.
Ghana W.A.

Our Ref No VAPhyD/HQ/05/95

Your Ref No. _____

Tel.................. Fax..................

To.................................

2nd April, 95.

Sir,

APPOINTMENT AS THE CHIEF PATRON

The above Association was formed in 1995 with the primary objectives of bringing all the physically disabled persons in the region together to have a common front.

The Executive President, the Executive council and the entire membership of the Volta Association of the Physically disabled have the pleasure to appoint you as the Chief Patron of the Association, to help us in all aspects of human endeavours to steer the affairs of the Association.

Yours faithfully,

Executive President
(George B.K. Bellson)

TOGBE KOSI CEPHAS BANSA
NGORYIFIA OF GBI
HOHOE VOLTA REGION
GHANA

Zum obersten Schirmherrn der Vereinigung der Körperbehinderten in der Volta-Region wurde vom geschäftsführenden Vorsitzenden George B. K. Bellson König Céphas Bansah ernannt. Damit wurden seine humanitären Hilfsmaßnahmen (u.a. Rollstühle für Behinderte, Brillenspenden, Umbau von Fahrrädern in Dreiräder) gewürdigt

Bis zu 60 Kinder besuchen die Klasse einer Grundschule

Unter offenem Himmel unterrichtet der Lehrer seine Schüler

Entwurf Thalhöfer
Handwerk- und Kommerz-Schule in Hohoe, Ghana

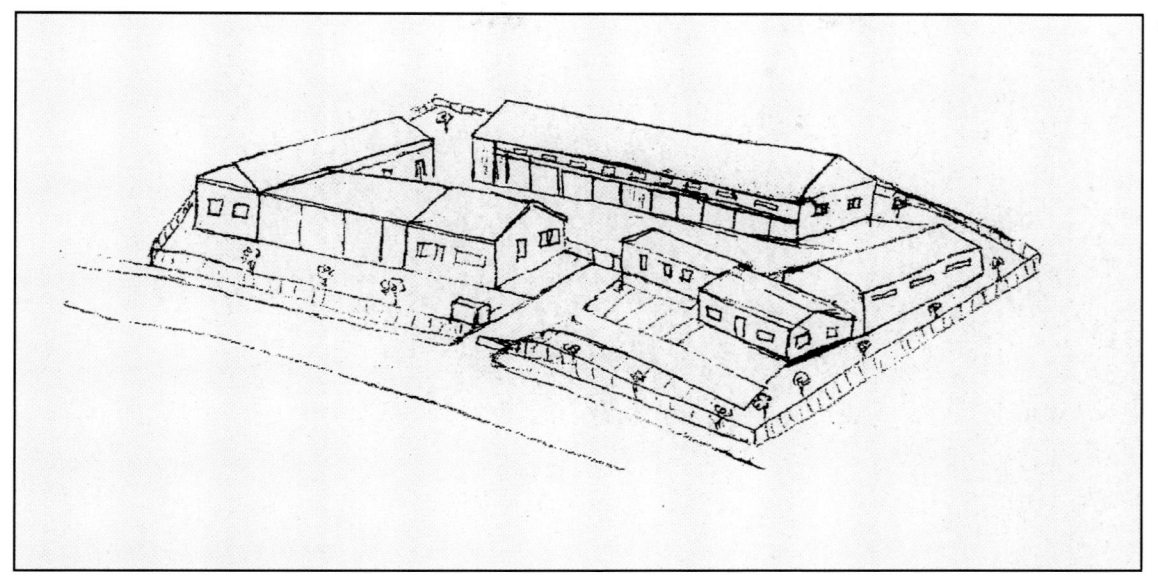

Mit deutscher Gründlichkeit in allen Details geplant. Damit der Jugend in Hohoe berufliche Perspektiven vermittelt werden können. Vier von der Mannheimer Daimler-Benz-Niederlassung gestiftete Hebebühnen und ein von der Mannheimer Zahnärztin Dr. Barbara Neumann-Grundlach zur Verfügung gestellter Behandlungsstuhl sind schon in Hohoe. Dort ist der Grundstein bereits gelegt (siehe auch Seite 64). Die Berufsschule ist jedoch noch nicht voll finanziert.

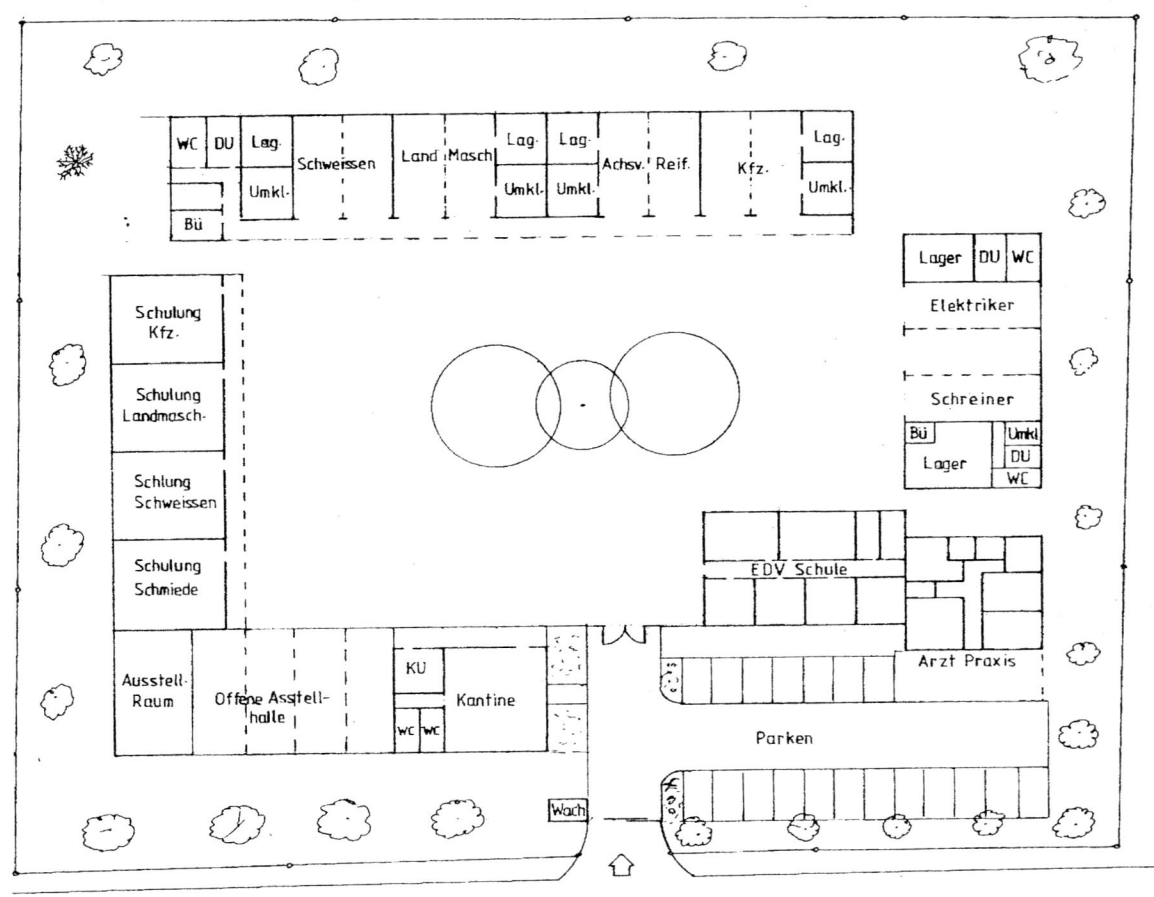

*Ein gefährlicher Balanceakt über den Dayi-Fluß bei Hohoe.
Afrikanische Frauen tragen bis zu 35 Kilogramm schwere Lasten auf dem Kopf*

Bild mit Vergangenheitswert: Eine neue Brücke ist finanziert

*Brückenbau am Dayi-Fluß unter afrikanischen Bedingungen.
Der Mensch ersetzt die Maschine*

Volta-Stausee mündende, rund zehn Meter breite Dayi-Fluß liefert das wertvolle Naß. Aus ihm wird das Wasser angesaugt und dem Wasserwerk zugeführt, wo es mit Chlorkalk und Enthärter aufbereitet werden muß. Denn der Dayi-Fluß hat einiges zu verkraften. Täglich ist dort großer Waschtag und nicht nur der Schaum macht dem fischreichen Fluß schwer zu schaffen. Was dann in Kalebassen auf dem Kopf nach Hause transportiert wird, ist eine mit reichlich Schaum durchsetzte sandig-braune Brühe, allenfalls als Gebrauchswasser verwendungsfähig. Was jedoch angesaugt und dem Wasserwerk zugeführt wird, ist von nicht besserer Qualität.

Hinzu kommt ein verrosteter und damit defekter Wasser-Vorratsbehälter, von dem zeitweise über drei Tage hinweg kein Tropfen Wasser gefördert werden kann. Zumal auch die Kapazität des Wasserbehälters von 20 Kubikmeter nicht mehr dem Bedarf der Bevölkerung von Hohoe entspricht.

Fufu-Esser
Aus: Jakob Spieth s.o. (14), II. Der Matse-Stamm, 3. Kapitel: Arbeiten der Matseer, Seite 779

Den unermüdlichen Bemühungen und den guten Beziehungen des Königs ist es zu danken, daß die „Friedelsheimer Wassergruppe" mit Sitz im vorderpfälzischen Fußgönheim sich dieses Problems annimmt. Franz-Josef Kalidowa und Albert Karbstein sowie weitere Freunde des Königs organisieren Wassertransportpumpen und Druckregler nebst Zubehör. In Hohoe überraschen sie ihren königlichen Freund und dessen begeisterte Untertanen mit der Installation einer neuen Wasserleitung, die eine Wassertransportleistung von 60 Kubikmeter pro Stunde gegenüber von früher 15 Kubikmeter pro Stunde ermöglicht. Der Umbau des Versorgungsnetzes, das mit sieben-Zentimeter-Rohren zu knapp dimensioniert ist, wird ebenso folgen wie der Austausch des alten Vorratsbehälters, dessen Fassungsvermögen von jetzt 20 auf 100 Kubikmeter optimiert wird.

Die Regenzeit gefährdet das ehrgeizige Vorhaben Brückenbau

Ein großer Baumstamm treibt gegen die mühsam errichteten Gerüste

FUSSBRÜCKE ÜBER DEN DAYI FLUSS, EINE VERBIND[UNG] GBI-AKPATANU, GHANA. ERBAUT DURCH SEINE MAJES[TÄT]	
FRAU MARIANNE WARNKE HERR GUNTER GOSSELK BÜRGERMEISTER JORG RADELOFF 27374 VISSELHOVEDE	VIZEPRÄSIDENTIN DES DRK L. FRAU KARIN VON H[…] STELLV. LANDRAT UND L.A. HERR HANSLORD GRAF VO[N …] BUNDESTAGSABGE. HERR HEINZ GUNTER BARGFREDE
	BÄCKEREI GRIMMINGER, OPTIKER DELKER MARY KAY COSMETICS KÖNIGIN MARIANNE DOR[…]

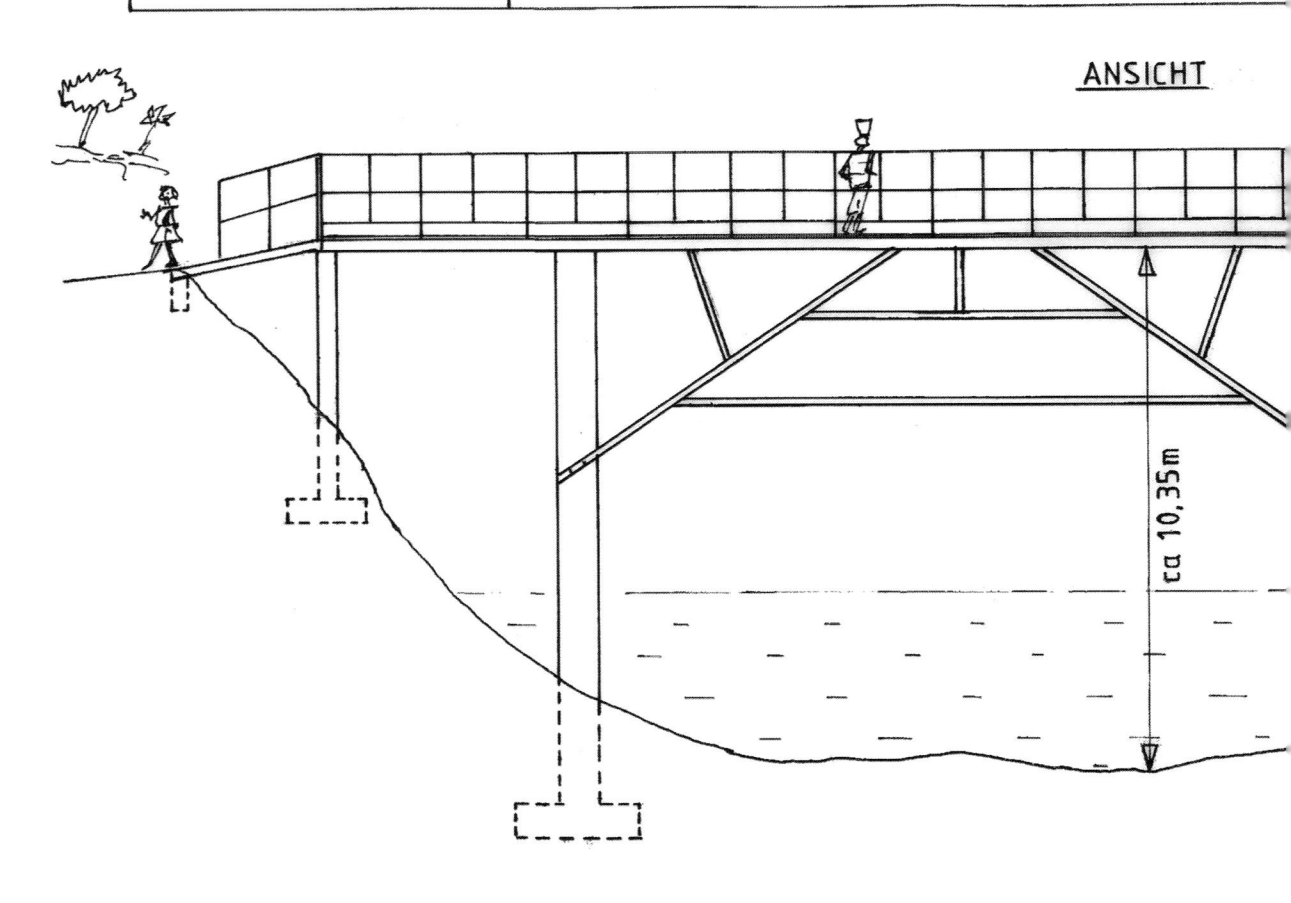

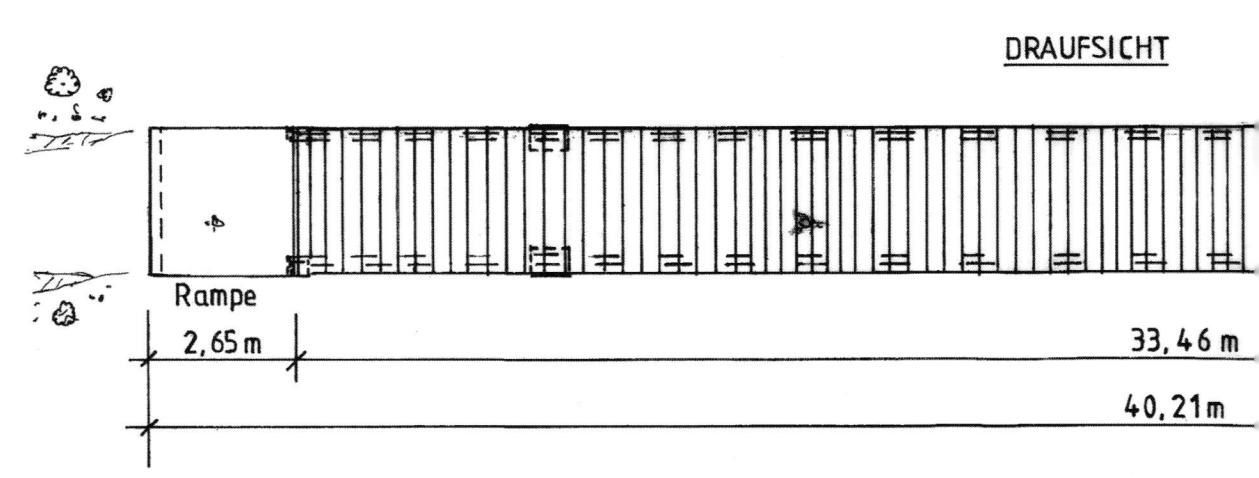

ANSICHT

ca 10,35 m

DRAUFSICHT

Rampe

2,65 m

33,46 m

40,21 m

...G ZWISCHEN DEN STÄDTEN GBI-HOHOE UND KÖNIG CEPHAS KOSI BANSAH MIT SPENDEN VON:		
...RG ...MER	GEHÖRLOSENVEREIN E V L U CC BLAU WEISS HOCKENHEIM HERR WOLFGANG REINHARD-LU SAT 1 SENDUNG JETZT REICHT'S FRAU VERA, VOLKSHOCHSCHULE 82205 GILCHING e.V.	SYNCOMP GMBH DR.H.C. CONRAD LEUTHAEUSER PROF. DR. GERNOT TREUSCH, FF/M
		SOWIE ALLEN ÜBRIGEN SPENDERN* HERZLICHEN DANK FÜR DIE BRÜCKE

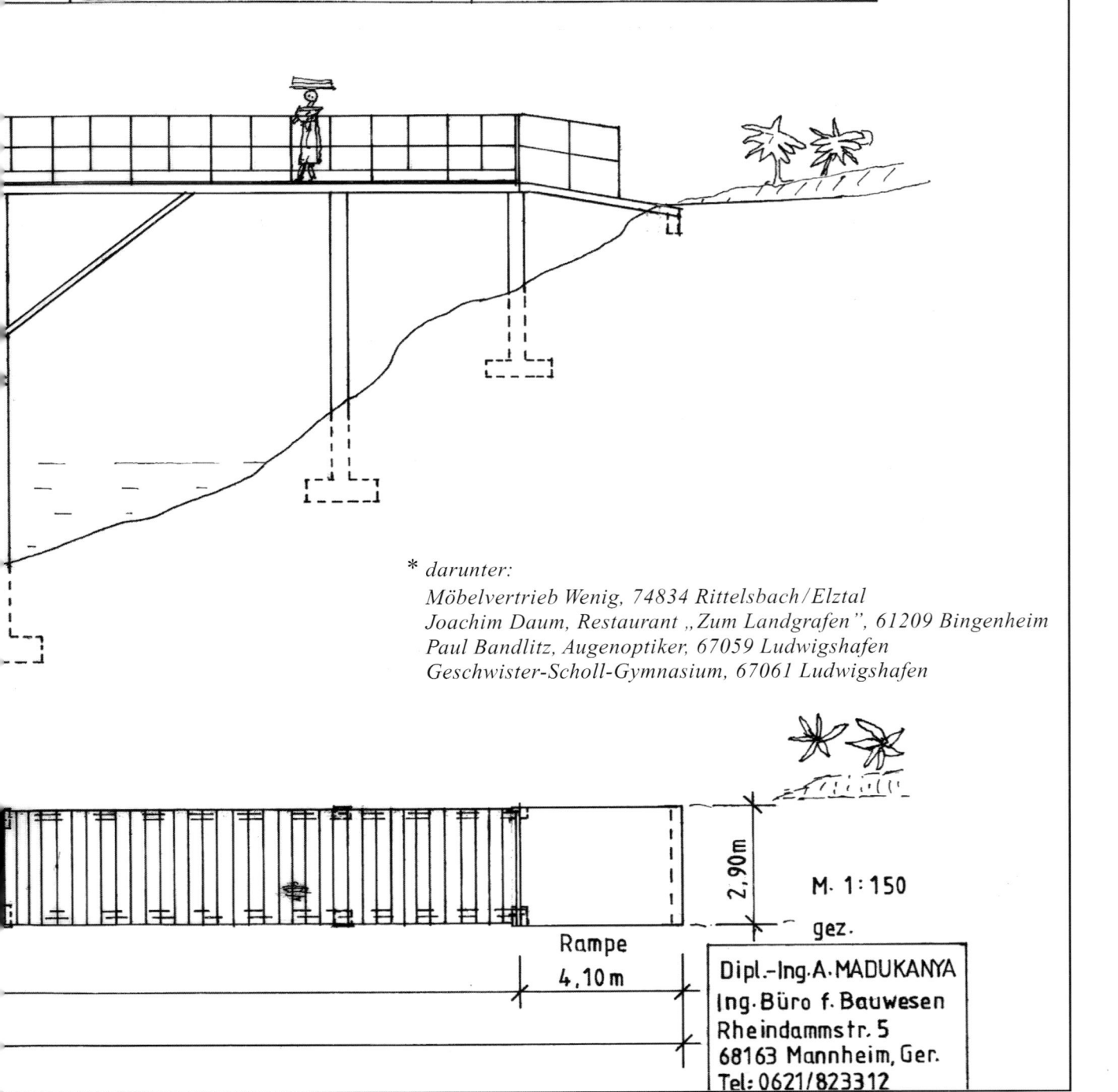

darunter:
Möbelvertrieb Wenig, 74834 Rittelsbach/Elztal
Joachim Daum, Restaurant „Zum Landgrafen", 61209 Bingenheim
Paul Bandlitz, Augenoptiker, 67059 Ludwigshafen
Geschwister-Scholl-Gymnasium, 67061 Ludwigshafen

Rampe 4,10 m

2,90 m

M. 1:150

gez.

Dipl.-Ing. A. MADUKANYA
Ing. Büro f. Bauwesen
Rheindammstr. 5
68163 Mannheim, Ger.
Tel: 0621/823312

*Am 12. August 1997 eröffnet der Parlamentsabgeordnete Nat K. Aduadjoe,
assistiert vom Bürgermeister von Hohoe und König Céphas Bansah,
nach zweijähriger Bauzeit die Brücke über den Dayi-Fluß*

*Die laut „Ghanaian Times" größte Fußgängerbrücke in Ghana ist ca. 40 Meter lang
und wurde, dank der Initiative von König Céphas Bansah, mit Spenden seiner
deutschen Freunde in Höhe von 48 000,00 DM finanziert*

¢48m bridge spanning River Dayi c'ssioned

From 'Times' Reporter, Hohoe

A ¢48 million bridge over River Dayi to link Gbi-Hohoe to Gbi-Akpatanu, a food producing community, was commissioned here at the weekend.

The 153-foot bridge, the longest in the country, was started in 1994 and completed this month.

The construction of the bridge was financed by the Ngoryifia (Nkosuohene) of the Gbi Traditional Area, Togbui Cephas Kosi Bansah I, resident in Germany, with the support of some of his German friends.

The Member of Parliament (MP) for Hohoe North, Mr Nat K. Aduadjoe, cut the tape to mark the commissioning of the bridge.

In an address, Mr F.K. Hehetror, chairman of the Gbi-German Friendship Association observed that the project was a big relief to the people of Akpatanu to facilitate the evacuation of their farm produce to the Hohoe township and other marketing centres.

He recalled with gratitude Togbui Bansah's contribution in the development of the Gbi Traditional Area including the provision of water pumping machines to improve water supply to the Hohoe township.

The chairman also mentioned Togbui Bansah's contribution of funds towards the construction of a modern public place of convenience at Hohoe-Ahado-Tsevi and the extension of electricity to the four South Gbi towns of Wegbe, Kledzo, Atabu and Kpoeta.

Togbui Gabusu VI, Paramount Chief of the Gbi Traditional Area, on behalf of his people, commended Togbui Bansah for living up to the honour of his installation as Ngoryifia and contributing in several ways to the development of the area.

The Paramount Chief extended his warm felicitation through Togbui Bansah to his German friends and wished them success in their endeavours.

Togbui Bansah on his part paid a glowing tribute to his German friends for their invaluable support in the development of the Gbi Traditional Area and announced his plans to establish a vocational-technical institute at Hohoe to train the youth to acquire employable skills.

Mr F.K. Bansah, Co-ordinator of the project and Assemblyman for Ahado-Trevi Electoral Area in Hohoe said with the completion of the bridge, there would be regular supply of food from Akpatanu to Hohoe.

He promised that the bridge would be regularly maintained to enable it to last longer.

At the same ceremony, the Ngoryifia handed over the keys of a 15-seater VW bus to the Semba Football Club of Hohoe and took the opportunity to advise parents to practise family planning and have only few children whom they could cater for and educate.

GHANAIAN TIMES
Wednesday, August 13, 1997

Hohoe, 260 m über dem Meer gelegen, muß wegen des auf dickem Felsgestein liegenden Untergrundes auf Tiefbrunnen verzichten und ist daher auf die Wasserentnahme aus dem Dayi-Fluß angewiesen. Dies provozierte in der Vergangenheit Streitigkeiten um Wassernutzung und um Landrechte. Margarete Schreinemaker von „Schreinemakers Live" finanzierte den Transport der Wassertransportpumpen und Druckregler nebst Zubehör von Fußgönheim nach Hohoe.

Nicht minder prekär ist die Situation im Krankenhaus von Hohoe mit vier Ärzten für 200 Betten. Dort muß die medizinische Versorgung noch mit altertümlichen Methoden betrieben werden. So werden nach jeder Operation die Gummi-Handschuhe gewaschen, damit sie anschließend wiederverwendet werden können. Im OP-Bereich fehlen Ventile der Narkoseausrüstung, Geräte zur Desinfektion und Sterilisation, Medikamente, Injektions-Ampullen, Einwegspritzen, Kanüle.

Weil es keine Rollbetten für den Transport der Patienten vom und in den OP gibt, werden die Patienten auf Tragbahren transportiert. Viele Patienten werden ohnehin von ihren Angehörigen im Huckepackverkehr von und zur Klinik befördert. Denn in Hohoe gab es vor der Spende der Johanniter-Unfallhilfe keinen Krankenwagen, noch nicht einmal für einen Eiltransport in die 300 Kilometer entfernt liegende Hauptklinik in der Landeshauptstadt Accra.

Einhundert Cedis, das sind knapp zwanzig Pfennige, bezahlt jeder Patient pro Tag und pro Bett. Für Verpflegung müssen die Angehörigen sorgen. Arzt und Operation werden zusätzlich berechnet. Das Durchschnittseinkommen der Bevölkerung liegt bei DM 40,00 pro Monat. Eine Entbindung kostet, einschließlich der Arztgebühren, 2 000 Cedis (DM 4,00). Krankenversicherungen gibt es nicht.

Céphas Bansah, der seine wiederholten öffentlichen Auftritte für Spendenaufrufe nutzt und dabei von den Print- und elektronischen Medien kräftig unterstützt wird, hat, wie die reproduzierten Zeitungsbelege beweisen, schon viel erreicht. So ist es ihm gelungen, 350 ausrangierte Werksfahrräder der BASF Aktiengesellschaft als Dreiräder umbauen und mit den von einer Rehabilitationsklinik in Neckargemünd bei Heidelberg gestifteten 25 Rollstühlen in seine Heimat transportieren zu lassen. Dank der großzügigen Vermittlung der deutschen „Seereederei Rostock" war dies kein Problem.

*Ein Bild, das für sich selbst spricht.
Menschen werden zu Brücken für andere.
Weil Dankbarkeit alle Grenzen überwindet*

*Die Nachbildung von Marianne Warnke
steht stellvertretend für die vielen, auf den
Seiten 76/77 benannten Spender an der Brücke*

*In der im Juli 1997 zweimal ausgestrahlten SAT 1-Sendung „Jetzt reicht's" bat
Moderatorin Vera um Hilfe für den in Mosambik beim Minenräumen schwer verletzten Uwe Silge.
Dem beinamputierten Thüringer verschafft König Céphas Bansah eine neue Existenz
als Busfahrer und Touristenführer in Hohoe*

Als Céphas Bansah auf Einladung des Deutschen Roten Kreuzes in Wittorf in der Lüneburger Heide über den katastrophalen Zustand der alten Holzbrücke über den Dayi-Fluß berichtete, rief Marianne Warnke zu einer Spendenaktion auf. Der Erlös aus diesen und anderen Aktionen wurde für die Finanzierung der neuen Brücke aufgewendet, damit die von der Feldarbeit zurückkehrenden Frauen künftig nicht mehr über die baufälligen Bretter balancieren müssen. Dabei waren in der Vergangenheit zweihundert der schwer beladenen Frauen von der alten Brücke gestürzt und im Fluß ertrunken.

Wesentlich unproblematischer ging der Import von „Pfälzer Grumbeere" vonstatten, die der Agraringenieur und Biologe Georg Dieterich auf Initiative des Königs in einem gepflegten Hausgarten in Accra pflanzen ließ. Im Gegenzug revanchierte sich Ghana mit einer landestypischen Yamswurzel, die im Bereich des „Deutschen Kartoffelmuseums" im vorderpfälzischen Fußgönheim in einem Gewächshaus reift, bevor sie die Gaumen erfreuen kann. Von diesem Transfer sollen vor allem die königlichen Untertanen profitieren. Vielleicht oder hoffentlich lassen sie sich davon überzeugen, daß Kartoffelanbau eine zusätzliche Einnahmequelle darstellt. Ob die im Umgang mit der Yamswurzel noch ungeübten einheimischen Gourmets die ghanaische Zubereitungsart übernehmen werden, scheint allerdings mehr als fraglich. In ihrer Heimat wird die Yamswurzel zunächst gekocht, dann in einem ausgehöhlten Baumstumpf mit langer Holzstange intensiv „im Takt gestoßen", mit gekochtem Gemüse, Pilzen, Fleisch oder Fisch angereichert und als „Fufu" gereicht. Das wahrhaft königliche Mahl entschädigt für diesen Aufwand.

Frauen beim Fufustoßen
1. Fufu-Mörser 2. Fufustößel 3. Ein Mädchen, daß die zu stoßende Masse immer wieder mit der Hand umkehrt und mit Wasser bespritzt 4. und 5. Schüssel mit fertig gestoßenem Fufu
Aus: Jakob Spieth s. o. (14) II. Der Matse-Stamm, 3. Kapitel: Arbeiten der Matseer, Seite 778

Vor dem in Ludwigshafen lebenden und in Hohoe regierenden König liegt noch ein weites Feld, wie Theodor Fontane sagen würde. Seine Suche nach Sponsoren wird ihn während seiner ganzen lebenslangen Regierungszeit begleiten. Sein Bestreben, weiterhin gute Taten für seine Untertanen zu vollbringen, beschäftigt ihn über den Tag hinaus. „Goodwillreisen" mit den für die PR-Veranstalter exotisch wirkenden Audienzen führen ihn durch Deutschland, in die Rundfunk- und Fernsehanstalten. Doch das alles dient nur dem einen Zweck, Mittel und Möglichkeiten zu organisieren, die den Untertanen zugute kommen. Obwohl nirgendwo geschrieben steht, ein guter König müsse auch ein Wohltäter seines Volkes sein.

Das Engagement des Königs ist Ausdruck seiner religiösen Überzeugung. Als Mitglied der Evangelisch-Presbyterianischen Kirche (Evangelical Presbyterian Church) ist er davon überzeugt, daß er das ihm übertragene Amt dazu nutzen muß, seinen Untertanen zu dienen. Dafür ist ihm kein Weg zu weit, kein Umweg zu beschwerlich. Sein Wahlspruch stammt aus dem Brief des Paulus an die Galater: „Einer trage des andern Last, so werdet ihr das Gesetz erfüllen …"

Anmerkungen:

(23) Erhard Mische: Die wirtschaftlichen Beziehungen zwischen Ghana und der Bundesrepublik Deutschland. Norddeutsche Mission Bremen. Brücke zum Partner in Afrika. Bremen, 15.8.1994.
Zitiert in: Arbeitsheft zum Weltgebetstag. Hrsg. Deutsches Weltgebetstagskomitee. Stein 1994, Seite 72 ff.

Sprichwörter aus Ghana · Teil 1

Wirf deinen Wanderstab nicht fort, ehe du aus dem Sumpf heraus bist

Der Mensch ist keine Kokosnuß, er ist nicht rundum abgekapselt

Die Rinde eines Baumes fällt zu Boden, wenn derjenige, der kratzt, niemanden zum Sammeln hat

Wenn der Schlammfisch im Fluß fett wird, so ist das auch für die Krokodile von Vorteil

Eines Frosches Länge kann man erst nach seinem Tod feststellen

Man wirft nicht ein Ding in den Busch, um es dann wieder herauszuholen

Das Huhn weiß, daß der Tag angebrochen ist, läßt jedoch den Hahn krähen

Die Zweige sind die Arme der Palme

Krieg kündigt sich durch Beschimpfungen an

(Zusammenstellung: T. Kleefeld)

Quellen: Afrikanische Goldgewichte, Insel-Bücherei Nr. 1040; Afrikanische Sprichwörter, Verlag J. Hegner, Köln 1969; R. Paqué, Auch schwarze Kühe geben weiße Milch, Mainz 1976

Togo – Heimat der Ewe-Völker

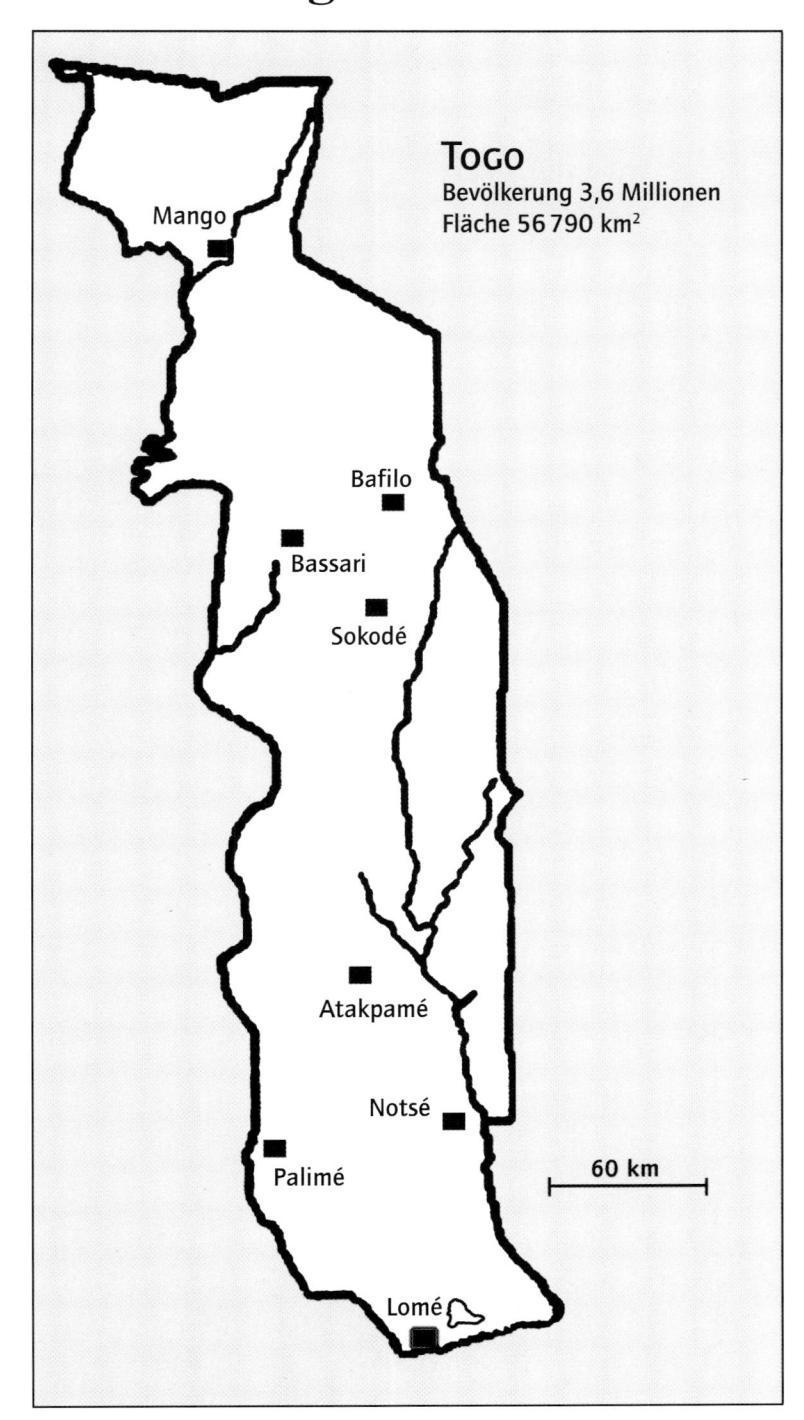

TOGO
Bevölkerung 3,6 Millionen
Fläche 56 790 km²

Mango
Bafilo
Bassari
Sokodé
Atakpamé
Notsé
Palimé
60 km
Lomé

Togo zählt zu den kleineren Ländern Afrikas und wird am 27. April 1960 unabhängig. Mit einer Fläche von 56 790 Quadratkilometern ist das Land so groß wie die Bundesländer Hessen und Baden-Württemberg. Die Nord-Süd-Entfernung beträgt 550 Kilometer, die Ost-West-Ausdehnung an der breitesten Stelle 140 Kilometer und an der schmalsten Stelle nur 45 Kilometer. Im Westen Togos liegt Ghana, im Osten Benin, im Norden Burkina Faso (früher Obervolta) und im Süden der Golf von Guinea. In Togo herrscht zumeist sommerliches Wetter mit hoher Luftfeuchtigkeit an der Küste 25 °C bis 35 °C. Das Savannenklima im Landesinneren zeichnet sich durch heiße Tage (40 °C) und kühle Nächte (15 °C) aus. Die Regenzeit, durch kurze heftige Niederschläge gekennzeichnet, dauert von Mai bis September. Die Folgen sind eine reichhaltige, farbenprächtige Flora und eine üppige Vegetation mit Öl-, Kokos-, Stech- und Dattelpalmen, Akazien, Agaven, Teakbäumen, Affenbrot- und Kapokbäumen sowie Mango- und Papayabäumen.

Die 3,6 Millionen Einwohner gehören 40 verschiedenen Stämmen an. Die größte Gruppe sind die Ewe, deren Bezirkskönige und Stammesältesten alljährlich in Notsé, ca. 80 Kilometer nördlich der Hauptstadt Lomé, das traditionelle Festival „Agbogbo Za" (Fest der Mauer) feiern. Am 9. September 1995 wurde Togbui Ngoryifia Kosi Olatidoye Céphas Bansah zum „Superior and Spiritual Chief of the Ewe People" gekrönt. Die vier Tage dauernde Veranstaltung der in über 100 Stämmen in Togo, Ghana und Benin organisierten Ewe wurde als großes internationales Medien-Ereignis gefeiert, weil dadurch die auf Befehl der ehemaligen Kolonialherren abgeschaffte Monarchie erneut etabliert und den Forderungen der „All Ewe Conference" Nachdruck verliehen wurde. Bislang

EƲETO   EƲETO
COMITE NATIONAL   **Dukɔme DƆDZIKPƆHA**
SECRETARIAT GENERAL   NUƉLƆFEGA

Réf: 009/CN/95   Dzesidede: 009/CN/95

                                           8TH MAY, 1995.

Le Secretariare General du Conseil,   To His Excellency,
des Chef Traditionels,   Togbui Bubuto,
EWE au TOGO,   Cephas Kossi Bansah,
BP : 2505 LOME - TOGO,   Ngoyifia VON Hohoe GB1,
Tel : 225516.   KFZ und LANDMASCHINENMEISTER,
                                           ACHMORGENSTR 17,
                                           67065, LUDWIGSHAFEN,
                                           GERMANY.

Your Excellency,

Every year, the Ewe people celebrate a Traditional festival called "AGBOGBO ZA". At this year's Occasion, the National "Eweto" committee has the honour and great joy to invite you to participate in the 39th Anniversary Celebration which comes on at NOTSE-TOGO on the 9th of September, 1995.

As a main event, the Ewe Chiefs will confirm on you the title of "The Superior and Spiritual Chief of the Ewe People". A detail
===
programme of events shall be sent to you as we receive your reply.

Please accept our fraternal and loving greetings.

Yours in the Service of the Ewes.

For: The Eweto National Committee.

Koku Alexandre Akakpo
General Secretary.

Ein Unternehmen der **dpa**-Firmengruppe

Pressemitteilung

Ewe-Volk krönt Kfz-Meister aus Ludwigshafen

Ludwigshafen, 05. September (ots) - Der seit über 25 Jahren in Ludwigshafen am Rhein als selbständiger Kraftfahrzeugmeister arbeitende Céphas Bansah aus Hohoe (Ghana) wird am 9. September 1995 in Notse (Togo) zum "Superior and Spiritual Chief of the Ewe People" gekrönt.

Die seit dem 17. und 18. Jahrhundert im Gebiet von Dahome (heute Benin), Togo und Ost-Ghana ansässigen Ewe, wollen damit die auf Befehl der damaligen Kolonialherren abgeschaffte Monarchie wiederaufleben lassen und der bereits während des Zweiten Weltkrieges gegründeten "All Ewe Conference" Nachdruck verleihen. Damit wird zugleich auch an traditionelle ethno-hierarchische Strukturen angeknüpft, die in weiten Teilen Afrikas unverändert existieren oder wiedererstanden sind.

Die Ewe sind in Benin, Ghana und Togo mit einem Bevölkerungsanteil zwischen 13 und über 21 Prozent vertreten. Über 3 Millionen Afrikaner gehören diesem Volk an, das seine Tradition nicht nur auf die gemeinsame Sprache mit vielen Dialekten, sondern vor allem auf die Herkunft von Oyo im westlichen Nigeria zurückführt. Die Interessen der in über 100 Stämmen organisierten Ewe werden von Gebietsherrschern vertreten, die als Könige von den Stammesältesten gewählt werden.

So ist Céphas Bansah, der in seiner Kfz-Werkstatt Reparaturen aller Pkw-Typen bis zur TÜV-Abnahme ausführen läßt, seit 1992 der König der über 200.000 Ewe in der Volta-Region von Ghana. "Majestät im blauen Anton", so der Titel eines in Kürze erscheinenden Buches, konnte in der Vergangenheit dank großzügiger Spenden mehrere Projekte zur Linderung der materiellen Not in der Volta-Region realisieren.

wurden die Ewe nur von Bezirkskönigen regiert: in Togo, in Ghana und in Benin. Doch Togo ist die Heimat der Ewe. Deshalb: „Terre de nos aieux" – Gepriesen seist Du Land unserer Ahnen.

Neben den Ewe, die vor allem im Süden des Landes vertreten sind und 44 Prozent der Gesamtbevölkerung repräsentieren, existieren noch die Kabyé im Norden Togos mit einem Anteil an der Gesamtbevölkerung in Höhe von 23 Prozent sowie die Quatchi, Losso, Mina, Cotokoli, Moba und Gourma. Amtssprache ist zwar Französisch, die Umgangssprache kennt indessen dreißig verschiedene Sprachen (Dialekte nicht mitgezählt), davon sind die wichtigsten von Süden nach Norden: Ewe, Mina, Ana, Cotokoli, Bassar, Kabyé, Losso, Tschokossi und Moba.

Von den Togolesen sind 46 Prozent Anhänger von Naturreligionen, 37 Prozent Christen (davon 75 Prozent Katholiken) und 17 Prozent Moslems. Das Leben ist von Spiritualität durchdrungen. Rivalitäten finden nicht statt. Denn Religion ist für das Überleben notwendig, sie sichert die menschliche Existenz und wird daher mit der Magie gleichgesetzt. Heilungsgottesdienste werden deshalb auch von anderen Religionsgemeinschaften praktiziert, die ansonsten mit den Naturreligionen wenig gemeinsam haben.

Auch Togo ist wie Ghana ein Land der Bauern. Auf 85 Prozent der zum Ackerbau genutzten Fläche werden Nahrungsmittel angebaut, die ausschließlich der Selbstversorgung der Bevölkerung dienen. Exportiert werden Baumwolle, Kopra, Palmkerne und Kakao, vor allem aber Phosphat, das für die Herstellung von Wasch- und Düngemitteln verwendet wird. Weben und Töpfern, Korbflechten, Bildhauerei und Brandmalerei sowie Batiken sind trotz einfachster Hilfsmittel zu hoher Meisterschaft entwickelt und faszinieren auf den Märkten die ausländischen Besucher.

Die Geschichte des Landes reicht bis zum 15. Jahrhundert zurück. Portugiesische Seefahrer landeten an der Küste Togos. 1857 gründete ein Bremer Handelshaus die erste Niederlassung. Am 5. Juli 1884 unterzeichnete der Generalkonsul des Deutschen Reiches Dr. Gustav Nachtigal im Namen Seiner Majestät des Deutschen Kaisers und der König von Togo, Mlapa, für sich, seine Erben und seine Häuptlinge ein Übereinkommen, mit dem der Handel deutscher Kaufleute legitimiert und unter Schutz gestellt wurde. Zugleich wurde die Unabhängigkeit des Königreiches Togo beurkundet. Von 1884 bis 1914 ist Togo deutsche Kolonie. 1919 überträgt der Völkerbund zwei Drittel des Gebietes Frankreich als Mandatsgebiet. Ein Drittel wird dem unter englischer Verwaltung stehenden Ghana zugeschlagen. Von dieser Teilung sind vor allem die Ewe-Völker betroffen, die damit ihre nationale Identität einbüßen.

Am 27. April 1960 proklamiert Togo seine Unabhängigkeit. Seither verfügt das Land über eine Republik mit Präsidialverfassung, die ein Jahr später von den Vereinten Nationen anerkannt wird. Erster Präsident ist Sylvanus E. Olympio, der 1963 einem Attentat erliegt. Seine Nachfolger sind Nicolas Grunitzky (bis 1967) und Gnassingbé Eyadèma, der auch mehrfach die Bundesrepublik besucht. Unter seiner Amtsführung werden die Phosphatindustrie verstaatlicht, nichtafrikanische Namen für Personen und Orte annulliert, eine Gipfelkonferenz von zwölf Staatsoberhäuptern der OAU (Organisation of African Unit) in Lomé veranstaltet, eine Gipfelkonferenz der Wirtschaftsgemeinschaft westafrikanischer Staaten gestartet und eine Kommission zur Ausarbeitung einer neuen Verfassung einberufen.

Mehrere gemeinnützige Organisationen unterstützen durch entwicklungspolitische Vorhaben die Togolesen – darunter auch die „Kurpfalz-Togo Freundschaftsvereinigung e.V." in Mannheim. Entwicklungshilfe ist ein wichtiger Bestandteil der Politik der Bundesrepublik, insbesondere für Togo mit seiner „deutschen" Vergangenheit. Bundesaußenminister Klaus Kinkel formulierte in einem Interview: *„Es kann Deutschland nicht egal sein, wie sich die Dinge auf unserem Nachbarkontinent entwickeln ... Die reichen Länder müssen ihre Verantwortung spüren und wahrnehmen auf dieser doch unwahrscheinlich ungerechten Welt. Mich bedrückt zutiefst, daß so unendlich viele*

ALBUM SOCIETA'

TRONO e bulloni

«Il mio piccolo regno è poverissimo e così preferisco guadagnare bene con la mia officina e mandare i soldi giù»

DANIELA VINCENTI
NOSTRO INVIATO

Cephas Bansah è stato incoronato alla morte del nonno anche se viveva all'estero. «Ho risolto tanti problemi a distanza»

LUDWIGSHAFEN. In una mano lo scettro, nell'altra una chiave inglese. Cephas Bansah, re di una delle dieci province del Ghana, è lì nella sua autofficina di Ludwigshafen, alle porte di Mannheim, nella Germania centro-occidentale. Tuta rossa, dolcevita verde e in testa un cappello rudicolore. Il telefono squilla, il fax fischia, il cellulare ulula. Il re meccanico non si siede alla sua scrivania, ricoperta di fogli e bigliettti, fa tutto in piedi. «Mi sono messo seduto solo il giorno dell'incoronazione», risponde. Su una delle pareti dell'officina campeggia la foto di un uomo accomodato sul trono d'oro, porta un abito tradizionale, poggiato sul capo una corona d'oro zecchino e nella mano destra lo scettro reale. Le sue mani si muovono rapidamente come se stessero battendo il ritmo di una danza africana sul tamburo rullo. Il re fa tutto in un attimo: al cellulare risponde in inglese, a un suo dipendente che lo chiama, gli grida tre parole in tedesco. Tutto intorno disordine, pezzi di ricambio, bulloni, viti, barattoli di vernice, fili elettrici, gomme, attrezzi per montare e smontare motori, bidoni pieni di lubrificanti usate.

Cephas Bansah è nato 44 anni fa a Hohoe, sulle rive del Volta, in Ghana. Un destino lontano da quello segnato dal suo stesso nome: «Mio padre decise di chiamarmi Cephas perché il nonno di un missionario francese, di passaggio nel nostro villaggio, chiese ospitalità alla nostra famiglia. Era un uomo di una straordinaria bontà».

Scuola elementare inglese a Hohoe, scuola superiore francese in un altro Stato africano, il Togo. E allora perché la Germania? Un programma di scambi culturali. «Sono atterrato a Ludwigshafen nel 1970, dovevo rimanere qualche mese e ci sono rimasto 23 anni». Venti di questi anni di duro lavoro, prima come studente e poi come meccanico. E un bel giorno l'incontro con la bionda Gabriele all'aeroporto di Düsseldorf. Due aerei, l'uno per il Ghana l'altro per Stoccarda, entrambi in ritardo, un pranzo veloce al ristorante dello scalo e un colpo di fulmine. Così la tedesca Gabriele, 41 anni, è diventata la signora Bansah e la futura regina della provincia ghanese di Hohoe. Una unione rallegrata da due figli, Carlo, 13 anni, e Katharina, di 12, che i compagni di scuola ormai non chiamano come gli altri fratellii. Nella regione del Volta, lo scettro si porta solo con la mano destra. I conti son presto fatti, l'unico a poter salire sul trono lasciato libero dal nonno è lui, Cephas, il "tedesco". Così circa un anno fa il meccanico extracomunitario di Ludwigshafen è diventato "re". E ora regna su un territorio vasto e...

Parla il re del Ghana che fa il meccanico in Germania

...na è povero e di certo le tasse regionali non bastano per condurre grandi opere. Ma in Germania il "re" meccanico sta mettendo in piedi una rete di filantropi, ben disposti a donare o investire denaro nella piccola regione africana.

«Voglio dare ai giovani un futuro migliore. Voglio che nessuno abbia mai più a patire la fame. Desidero che i ragazzi vengano da me ogni volta che hanno un problema, ogni volta che vogliono creare un'impresa o mettere su una fattoria. Si sono già verificati dei casi di ragazzi che mi hanno scritto per chiedere aiuto e consigli. Ormai sono di loro padre».

In tutti i sensi. «Sanno che sono in palio e a tempo perso e quando dei tornei mi invitano. Vogliono che partecipi alle loro cerimonie. Non sanno che il biglietto d'aereo costa più di mille marchi (circa 950mila lire, ndr)».

Il fax fischia di nuovo. Linea diretta ogni mese in Ghana. Ogni mese il re meccanico deve saldare bollette esose, circa due milioni di lire solo per telefono e fax, senza contare il cellulare. «Ho preso un impegno e lo mantengo fino alla fine» dice Bansah.

Ma un giorno tornerà in Ghana. Per stabilirsi definitivamente? «Sicuramente sì, non diventerò mai tedesco, sono troppo attaccato alla mia terra, alla mia gente. Tornerò. Ma ora il mio popolo ha bisogno di case, scuole e infrastrutture che posso offrirgli solo stando qui e lavorando per lui», afferma convinto il meccanico.

Königliche Autowerkstatt

Das neue Nachrichtenmagazin FOCUS

Der König trägt Schirmmütze und Overall, schwingt statt des Zepters den Schraubenschlüssel. **Cephas Bansah**, 44, Kfz-Mechanikermeister in Ludwigshafen, herrscht in seiner ghanaischen Heimat Hohoe über 260 000 Untertanen. Mangels anderer Kandidaten wurde Cephas, seit 20 Jahren in Deutschland, unlängst gekrönt. Per Fax und Stippvisiten regiert der Monarch die Heimat. Vorerst bleibt er in seiner Autowerkstatt am Rhein. Nur seine deutsche Frau Gabriele, die „wäre schon gern Königin in Afrika", unterm Baldachin von Dienern umsorgt. Bansah will lieber Ludwigshafen zur Partnerstadt seines Reiches machen, um dessen Entwicklung richtig zu „pushen".

---

1 000 Brillen für König Cephas Banah

Rahdener Bürger sammelten für Region Hohoe-Gbi in Ghana

Gana'nın "Züğürt Ağa"sı

ASKERİ darbeler ülkesi Gana'nın Volta bölgesindeki Ewe kabilesinin şefi **Cephas Bansah**, Almanya'da araba yıkıyor.

Geçen yıl Loa adı verilen tanrıların önünde büyü ve dinin bütünleştiği bir Vudu ritüeliyle 200 bin kişilik Ewe kabilesinin başına getirilen **Cephas Bansah**, şimdi arada sırada üzerine geçirdiği geleneksel şef giysileriyle Almanya'ya yerleşen tebaasının karşısına çıkıyor. Ek mek parasını Almanya'da çıkarttığı için kabilenin şefliğinin yönetimini kardeşine bırakan **"Züğürt Ağa"**, fırsat buldukça, en kolay iletişim yöntemlerinden biri olduğu için Gana'yla fakslaşıyor. Kardeşinden son gelişmeleri alan **Cephas Bansah**, gerektiğinde uzaktan kumandayla kabilesine müdahale ediyor.

LUDWIGSHAFEN, (Hürriyet)

Kinder in Afrika von der ersten Sekunde ihrer Geburt an nicht die geringste Chance auf ein menschenwürdiges Leben haben. Diese ungeheure Gefällsituation in puncto Wohlstand muß einen bedrücken" (24)

Anmerkungen:

(24) Interview mit Bundesaußenminister Klaus Kinkel nach dessen Afrikareise. Von Walter Michler. Quelle: Public-Forum, Oberursel, Heft 16/95, Seite 13

Weiterführende Literatur über Togo:

Norbert Eder: Togo, inkl. Sahara-Durchquerung, Verlag Martin Velbinger, Gräfeling/München, 1992;

Norddeutsche Mission – Brücke zum Partner in Afrika. Mitteilungen der Norddeutschen Mission, Vahrer Straße 243, Bremen

Deutsch-Togolesische Gesellschaft e.V. (Dachverband der Bundesrepublik Deutschland und der Republik Togo), Postfach 31 13 25, Stuttgart.

Kurpfalz-Togo Freundschaftsvereinigung e.V., Postfach 310 767, Mannheim

---

Sprichwörter aus Ghana · Teil 2

Arm und reich benutzen im Urwald denselben Pfad

Man soll den Elefanten nicht fürchten, wenn er schreit

Die Schlange kann sehr lang werden, sie wird nie ihrer Mutter weh tun

Kocht der Kessel das Essen nicht, bringt das auch die Flasche nicht fertig

Die Erde weist keinen Toten zurück

Auch mit schmutzigem Wasser kann man einen Brand löschen

Wer einem Elefanten folgt, dem kann der Tau nichts anhaben

Den Toten kann man begraben, doch nicht seine Worte

Der Hund hat die Knochen nicht lieber als das Fleisch, aber lieber als gar nichts

(Zusammenstellung: T. Kleefeld)

Quellen: Afrikanische Goldgewichte, Insel-Bücherei Nr. 1040; Afrikanische Sprichwörter, Verlag J. Hegner, Köln 1969; R. Paqué, Auch schwarze Kühe geben weiße Milch, Mainz 1976

Was die Presse berichtete

Schwäbisches Tagblatt

Céphas Bansah wurde in Mössingen nicht nur mit Fragen bestürmt:

Ein Autogramm vom König

Körperbehinderte Kinder wollen künftig Bedürftige in Ghana unterstützen

Die Rheinpfalz

Der Königsthron steht in der Autowerkstatt

Wie man per Faxgerät und Funktelefon 206.000 Ghanaesen regiert

Pumpen aus der Pfalz lassen in Hohoe Wasser wieder sprudeln

Freunde des in Ludwigshafen lebenden ghanesischen König Céphas Bansah zu Besuch in dessen Heimat

Alte Transporter können Leben retten

Ludwigshafener Johanniter wollen Krankenhaus in Hohoe unterstützen

Reutlinger Generalanzeiger

König im blauen Anton

Ein Herrscher aus Ghana zu Besuch bei der KBS Mössingen

König Kosi Céphas Bansah

Sein größtes Glück war, nach Deutschland zu kommen
Seine Untertanen profitieren auch davon

Gmünder Tagespost

Kfz-Meister Céphas Bansah mit Faxgerät und Telefon:

Im Nebenberuf ist er König

Der Gmünder Peter Thalhofer leistete Entwicklungshilfe / 46 Wasserpumpen für die Untertanen

הוד מעלתו טובה קוסי אוגואפיין צפאס בנסה.
אבל אתה יכול לקרוא לי בנסה

גד שמרון בון

בעיר התעשיה לודוויגסהאפן רגילים בעלי רכב לקבל שרות מלכותי. לפחות אלה שנמנים על לקוחותיו של צפאס בֶּנסה, המוסכניק החייכן, שמצליח להעביר אפילו "מכוניות אבודות" דרך מנגנון הטסט השנתי, המחמיר, של גרמניה.

בנסה, גמור קומה, מוצק, לבוש אוברול, מבלה שעות בשכיבה מתחת למכוניות ישנות, אבל רגיל לשבת על כס מלוכה. "בגאנה יש לי 206 אלף נתינים", הוא אומר. "בעצם, אסור לך לדבר אתי ישירות. רק דרך שומר הראש שלי. אבל אתה מישראל", הוא מכניס לי צ'אפחה חביבה וקורץ, "אז זה סיפור אחר. ישראל טובה. יש לי את אצלכם בצאור, בריגדיר (תת אלוף) פטו. נדמה לי שהוא מפקד הכוחות הגנאים בחיל האויר במדורת התיכון". הוא מתעניין אם למערב יש מהדורה אנגלית, כדי שהאח יוכל להתעדכן.

– "איך לפנות אליך, הוד מלכותו?"

"השם המלא הוא "טובה קוסי אוגואפיין צפאס בנסה, מלך הוכחה בי ואזור וולטה. אבל אתה יכול לקרוא לי בנסה".

* * *

צלצול הטלפון שנשמע מהמשרד שבקצה המוסך הגדול, ובמקביל, כדר, מכיכ האוברול של בנסה, קוטע את השיחה. "זה מגאנה. עכשיו אני צריך למשול כמה דקות" מסביר לי בנסה ושולף טלפון אלחוטי קטן ומשוכלל מהכיס. הוא מקשיב בארשת פנים מתוחות, אחר כך מתחיל לדבר בקצב מהיר, תוך כדי משחק עם כובע הבלון הצבעוני שעל ראשו.

כותב שורות אלה לא מבין את שפת בני שבט האכה, אבל המלים "טלפון", "פאקס", ו־WATER, מככבו בשיחה. "אני מוציא יותר מאלף מארק כל חודש על שיחות הטלפון האלה", הוא מסביר, ומומר לשרבט חתימה מסובכת, המורכבת ממממה מעגלים, על מסמך, שנבלע בחיק מכונת הפאקס שכמשרד. "כדי שלא יהיו אחר כך אי־הבנות, אני שולח בפאקס סיכום של מה שדיברנו בעל פה", מסביר שליט "טובה וולטה" וכו'. "רק כך אפשר לשלוט במאה ה־20", הוא אומר ופורץ בצחוק מדביק. "היה איזה עניין עם ריב בין שני אחים שהייתי צריך להכריע בו", הוא מסביר עם תום הטלפון הדחוף מגאנה.

הראיון עם המלך בנסה היה אחד המשונים שערכתי בימי חי. בחצר המוסך חנו כמה גרוטאות. מתחת למתקני ההרמה עמדו שלושה פועלים, שניים שחורים ואחד לבן, על מכוניות קצת יותר חדשות. קליינטים וחברים הסתובבו בין המכוניות ורונו במעלותיה של אלפא רומיאו נדירה, אך חלודה, ובסקרנות להשתקף בבית המלאכה של בנסה. על הקירות היו תלויות כמה תמונות של

▸

צפאס בַּנסָה, מלכם הפעיל של 206 אלף נתינים באפריקה, יושב בעיירה גרמנית קטנה, ומחטט בקרביים של פולקסוואגנים ישנים ■ בין סופאף לצילינדר, הוא מנהל את ענייני הממלכה ממרחק של 6,000 קילומטרים ■ בפאקס

אתה יכול לקרוא לי בנסה

בנסה אחר. המלך. לבוש בגדים צבעוניים, לראשו כתר מזהב וכמה קילוגרמים נוספים של המתכת הצהובה הזו פזורים על גופו. תמונות מעולם אחר.

בנסה הגיע לגרמניה לפני קצת יותר מ-20 שנה. בגרמניה ובשווייץ הוא למד מכונאות וזכה לאסוף תעודות רב-אומן, 'מייסטר' בשפת המקום. שרק לאחדים בהן מותר לפתוח מוסכים. הוא הכיר בחורה מקומית בשם ברברה, שבינתיים פתחה חברת מחשבים קטנה, הוליד שני ילדים נחמדים, וחי בשלווה. עד כמה שאפריקאי יכול לעשות זאת בגרמניה. "אין לי בעיות, כולם נחמדים. מעולם לא נתקלתי בצרות ובשנאת זרים", הוא קובע נחרצות. רעייתו, בלונדינית, קצת כבדת משקל, רואה את הדברים אחרת. "כשהוא צריך לחזור מתחנת הרכבת בלילה, אני מעדיפה לאסוף אותו. יש שם באזור מדי פעם גלוחי ראש," היא אומרת וחושפת משהו מהמורכבות שבנסה בדיפלומטיה להסתיר.

חייו של האזרח הפשוט בנסה צפאס בנסה השתנו ב-16 באפריל

בשנה שעברה. הסבא שלו, שהיה מלך בני שבט אבה, מת בשיבה טובה. אביו של בנסה אמור היה לרשת אותו, אבל הוא נפסל. "אצלנו בשבט אסור לשמאלנים לשלוט, רק ימנים רשאים לשבת על כס המלוכה", מסביר בנסה סעיפים ממסורת השלטון במערב אפריקה.

- ולשמאלנים אסור למלוך אצלכם?

"לא", הוא פורץ בצחוק מתגלגל. "זה לא פוליטי. אני מתכוון לשימוש ביד שמאל ושימוש ביד ימין".

בגאנה, כמו גם בחברות רבות אחרות באסיה ובאפריקה, יד שמאל נחשבת לטמאה. ביד ימין משתמשים לאכילה ולכתיבה. יד שמאל נכנסת לפעולה אחרי האוכל, בשירותים, אם יש כאלה, ומכאן טומאתה. מתברר, כי במשפחת בנסה יש עודף באיטרים. אביו, למשל, וגם פרידולין, אחיו הבכור של צפאס. בנסף לפרידולין יש לצפאס 83 אחים ואחיות - את הקצין כבר הכרנו בתחילת הכתבה - "אבל אני הייתי הראשון בקו הירושה, בלי נטיות שמאליות", הוא מספר, וכך זכית במלוכה."

●●●

סרט הווידיאו שבנסה שולף מהארון ותוקע במקשיר, מציג את טקס ההכתרה שנערך בכפר הוכזה. "שלושה ימים רקדו שם נזכר בנסה, שמתחכל שוב על 4,000 תושבי הכפר שרוקדים לכבודו. כל המעמד מזכיר סרט הוליבודי משנות ה-'30' על אפריקה. נשים חשופות חזה מחוללות נמרצות בפני המוכתר ומשפחתה. זקני הכפר מגישים שרביטים ומקלות שמסמלים את הסמכות, והרבה שתיה. ברברה נראית כמו ג'יין של טרזן והבן, שלא כל כך שולט עוד בשפת אבותיו, נראה כמה שנהגה מחוויית חייו. שהרי לא כל תלמיד כיתה ח' בבית ספר ממלכתי בלדוויגסהאפן יכול לספר לחבריו על אדון כזה.

אחרי הטקס, חזר בנסה לגרמניה. החיים באזור הוכזה, סמוך לגבול עם טוגו, איבדו מזמן את חינם בעיניו. אחרי יותר מ-20 שנה במדינה העשירית ביותר במערב אירופה, היה צפאס בנסה לור בממלכתו.

אבל כס השלטון נותר בידיו. הוא רכש מכשיר פקס משוכלל ושלח אותו לאחיו פרידולין. כמו כן, קבע שעות תקשורת קבועות, ובעזרתן הוא מנווט מגרמניה הרחוקה את חיי נתיניו, 6,000 קילומטרים דרומית ללודוויגסהאפן.

משפחתו שולטת בממלכה בערך הגבול עם טוגו כבר מאות שנים. "יש לנו מערכת יחסים ארוכה עם הגרמנים", הוא מספר. "עד מלחמת העולם הראשונה היינו בחתים האימפריה הגרמנית. הבריטים סיפחו את החלק הזה של טוגו רק שנים אחרי חוף הזהב, והיום אנחנו שייכים לגאנה".

בני שבט אבה מתפרנסים בעיקר מחקלאות. בניגוד לאלה שנחשבים למתורבתים, באירופה למשל, בני אבה לא חושבים שת זה דבר רצוי, ולכן נשאי כל אחד לחמוד את אמונתו. "יש אצלי נוצרים-קתולים ופרוטסטנטים, מוסלמים ועובדי אלילים. ומה שמאחד אותם זה בית המלוכה", מספר בנסה, תוך כדי בחינה מדוקדקת של מערכת מיסבים מקולקלת שהוצאה מקרביה של פולקסווגן ישנה.

●●●

לגאנה הוא נוסע לפחות פעמיים בשנה, ומקפיד תמיד להביא עמו מתנה מכובדת לנתיניו המעריצים. בשנה שעברה חנך בית ספר מקצועי והביא מגרמניה את הציוד הדרוש. "אתה רואה את משאבת המים שפיצבץ אותן ובקרוב אני שולח אותן לגאנה. זה מה שהם שם צריכים שם, מערכת מסודרת של מים" מסביר בנסה. את המימון לשיגור המשאבות לגאנה, 4,000 מארק, השיג בנסה מרשה שלוויזיה פרטית, תמורת ראיון שהעניק לה. גם אצלי הוא

"נשארתי אותו דבר, רק קצת יותר מכובד" אומר בנסה, המוסכניק שהפך למלך   צילומים: גד שימרון

מברר מה האפשרויות שקוראי מע"ב יתרמו להעלאת רמת חייהם של נתיניו. אני מבטיח לו לפרסם את כתובתו. "אני סומך על הישראלים, הם נדיבים. בטח מישהו יתרום לקובץ המלך. אז למי שמעונין, להלן הפרטים:

CEPHAS BANSAH
ACHTMORGENSTR 17
LUDWIGSHAFFEN
TEL: 0621 571011
GERMANY

●●●

"האם השתנית מאז הכתרתך?" אני שואל את בנסה. "לא, מה פתאום, נשארתי אותו דבר," הוא אומר, "רק קצת יותר מכובד. עד עכשיו התייחסו אלי בלודוויגסהאפן כמו אל בן-אדם, עכשיו הם מוסיפים קצת גינוני מלכות", ופורץ שוב בצחוק המתגלגל שלו. אבל הוא מסתיר את העובדה שהמצב החדש בהחלט גורם לו להנאה. עזרת הבית של משפחת בנסה, אשה בשנות ה-'50, פליטה ממה שהיתה פעם יוגוסלביה, אומרת שבנסה הוא לא סתם בן אדם, אלא "סופרמנש" (סופר-אדם בגרמנית). "אין לו שום יומרות מלכותיות", היא אומרת.

הרעיה, ברברה, חושבת שבנסה בכל זאת השתנה. "הוא נהיה קצת מצוייצ מאז הכתרתו," אומרת ברברה, "פתאום הוא היה למלך זה בטוח עושה משהו לאגו של בן אדם".

חשבת לקבץ אזרחות גרמנית?" "לא"

הוא עונה בטון נעלב משהו, "טוב לי בגרמניה, אבל אני תמיד אשאר אפריקאי, בדרכוני, ובטח בנשמה".

צלצול הטלפון שנשמע מהמשרד שבקצה המוסך הגדול, ובמקביל, כהד, מכיס האוברול של בנסה, קטע את השיחה. "זה מגאנה. עכשיו אני צריך למשול כמה דקות"

"אצלנו בשבט אסור לשמאלנים לשלוט, רק ימנים רשאים לשבת על כס המלוכה. לא, זה לא פוליטי. אני מתכוון לשימוש ביד שמאל ושימוש ביד ימין"

Was die Presse berichtete

Fahrrad-Spende hat vielen geholfen
König Céphas Bansah auf Stipvisite in seinem Land - Brückenbau beginnt - Autos gelten als Luxus

Die Rheinpfalz

Yamswurzel gedeiht bald in Fußgönheim
„Kartoffel" Ghanas kommt ins Treibhaus - „Pfälzer Grumbeere" wachsen im Garten der Hauptstadt Accra. Céphas Bansah: Mit guten Kontakten schon einiges bewegt - Die Wirtschaft Ghanas wächst.

Berliner Zeitung

König Kosi Céphas Bansah zu Gast
Auf Einladung eines Möbelhändlers kam die Majestät nach Ellefeld und Auerbach im Voigtland

Königlicher Besuch in der Schule

Brücke zwischen den Kulturen
Ghanaische Hoheit bei Realschülern - Im „Zivilberuf" Kfz-Meister

Brillen für guten Zweck gesammelt

Augengläser machen Schiffsreise nach Ghana

Seit 23 Jahren lebt der König als Kfz-Mechaniker in Ludwigshafen

Motorschaden? - Der König repariert's
Céphas Bansah wurde in seiner Heimat Hohoe, Ghana, zum König ernannt

Räder-Idee bringt Majestät ins Goldene Buch
350 Stahlrösser und 25 Rollstühle für guten Zweck auf die Reise nach Afrika geschickt

Mannheimer Morgen

Viele Voltmeter für die Volta-Region
Jugenddorf Limburgerhof spendiert Ghana-König Céphas Bansah Geräte für dessen Berufsschule

Jakob Spieth: Himmels- und Erdengötter, Zauberei, Kultus und Monarchie im Ewe-Volk

a. Die Himmelsgötter

Unter den Himmelsgöttern steht der große Gott an der Spitze, den die *Eweer* im Bilde des Himmels erfaßt zu haben scheinen. Während nun die einen im sichtbaren Himmel Gott anschauen, so scheinen für die Tieferdenkenden die Wolken, das Licht und das Blau des Himmels nur Schleier und Kleid Gottes zu sein, hinter welchen er selbst unsichtbar lebt. Gott ist deshalb für sie ein Gott der Ferne und ein verborgener Gott, von dem man nur soviel weiß, daß er einstens die Menschen ungehindert mit sich verkehren ließ, dann aber durch Schuld der Menschen sich in unendliche Fernen zurückzog und dort nach Auffassung der einen in einem von Feuer umgebenen Raume, nach andern aber in einem Hause wohnt, das in einem großen, mit Bananen bepflanzten Garten steht. Damit ist der Gedanke bestätigt, daß Gott vom Himmel getrennt und persönlich gedacht wird.

In engster Beziehung zu dem großen Gott steht das Götterpaar *Sogble* und *Sodza*. Die Erscheinungsformen beider sind Blitz und Donner. *Sogble*, auch *Sotsu*, „der männliche *So*", genannt, ist der älteste Sohn Gottes, den er in zündendem Blitze und mächtigen Donnerschlägen als seinen Boten auf die Erde schickt, um hier seine Strafurteile auszurichten. Er heißt deshalb auch *nugblela*, „Verderber". *Sodza*, auch *Sono*, „weiblicher *So*, genannt offenbart sich in dem ruhigen Leuchten des Blitzes und dem leise nachrollenden Donner. Es entspricht ganz der weiblichen Natur, wenn *Sodza* bei ihrem erzürnten Gemahl *Sogble* Fürbitte für die Menschen einlegt; wenn dieser nämlich gewaltig donnert und droht die Menschen, welche Gott gemacht, zu zerschmettern, so ermahnt sie ihn: Halt ein, Halt ein! Auch die übrige Tätigkeit der beiden Götter entspricht dem männlichen Charakter. Während *Sogble* den Krieger aus seinen Gefahren errettet, bewacht *Sodza* Haus und Hof, daß ihnen nichts Böses zustoßen kann; und während der erstere den jungen Mann tüchtig zur Arbeit macht, so ist *Sodza* als Regenspender die Mutter des Wachstums, der Feldgewächse.

Zu diesem Götterpaare gesellt sich noch *Sowlui*, der Gott der Kaurimuscheln und Diener Gottes. Er verwandelt seinen Günstlingen im Laufe der Nacht Bohnen, Korn und Erdnüsse, welche sie in Töpfen aufbewahrt hatten, zu lauter Kaurimuscheln. Seinen Charakter nach wird er als Dieb bezeichnet, der seine Gaben vorher stehle, ehe er sie jemand gebe.

b. Die Erdengötter

Eine zweite, den Menschen viel näherstehende Götterklasse sind die *anyimawuwo*, Erdengötter, im *Ewe*lande auch *trowo* und bei uns wohl mit Unrecht Fetische genannt. Sie haben ihre Wohnsitze auf Bergen, an steilen Felsabhängen, in Schluchten und Höhlen, in Bäumen, Quellen und Flüssen. Ihre Hauptaufgabe besteht in der Vermittlung des Verkehrs zwischen den Menschen und dem fernen Himmelsgott. Vermöge ihrer unsichtbaren und mehr geistigen Natur können sie die weiten Räume zwischen der Erde und dem Himmel in einem Augenblick durchmessen.

Ihre Botengänge aber lassen sie sich von ihren Auftraggebern teuer bezahlen. Sie sind mit der übermenschlichen Kraft ausgerüstet, über die Erde Trockenheit und verheerende Stürme und über die Menschen Krankheiten kommen zu lassen, auch bestrafen sie diese mit plötzlichem Tod. Einzelne Menschen und Städte führen ihr Leben und Wohlsein auf den Einfluß eines Erdengottes zurück und nennen sich deswegen in besonderem Sinne seine

Pferdeschwanz als Würdeabzeichen von Königen und Priestern

Aus: Jakob Spieth
s. o. (14).
Einleitung IV.,
Die Religion.
Seite 68

Kinder. Eingeteilt werden sie in einheimische und ausländische Götter. Die Klasse der einheimischen setzt sich zusammen aus den ältesten, sogen. Erbgöttern, die sie bei ihrer Einwanderung aus ihrem Stammsitz *Amedzowe* mitgebracht haben. Ihre Zahl vermehrte sich im Laufe der Zeit durch solche Götter, die an ihren jetzigen Wohnsitzen entstanden sind, sowie aus solchen, die sie von irgend einem Nachbarstamm sich käuflich erworben haben. Die Heimat der ausländischen ist im Westen und Osten des *Ewe*landes also auf der Goldküste, einschließlich *Asante* und *Akwamu*, und in *Dahome* und *Yoruba*. Von der Goldküste z.B. stammen die Götter *Fofie* und *Dente*, aus *Dahome* und *Yoruba* kamen *Afa*, „Zeichendeuterei und Wahrsagerei", sowie der einen großen Teil des *Ewe*landes beherrschende Geheimbund der *Yewe*verehrer. Diese eingewanderten Götter können unter die Zahl der Erbgötter aufgenommen werden, wodurch ihr Dienst erblich wird und der Priesterdienst vom Vater auf den Sohn übergeht. Ist das aber nicht geschehen, so gehören sie der großen Zahl der Wandergötter an, die beim Ableben ihrer Priester nicht in derselben Familie bleiben, sondern auf andere überspringen, also „wandern". An der Spitze der ältesten Götter steht die Erde, die im ganz nördlichen Teil des *Ewe*landes unter dem Namen *mia no*, „unsere Mutter", verehrt wird. Sie ist die Frau des Himmels und hat im Bunde mit ihm Menschen, Tiere und Pflanzen, ja sogar die Erdengötter erzeugt. Sie ist die große Ernährerin alles Lebendigen, die „nicht einbricht, auch wenn ihr Feind auf ihr geht". Für die spätere Entstehung und den Kauf der Erdengötter sind auf den nachfolgenden Blättern einige Beispiele mitgeteilt.

c. Die persönlichen Schutzgötter

Eine dritte Klasse von Göttern sind die persönlichen Schutzgötter, die über Glück und Unglück des Menschen verfügen. Sie haben z. T. ihren Sitz in *Amedzowe*, der Seelenheimat, z. T. auch bei dem Menschen selber. Zu der ersten Klasse gehören die Geistermutter, der Mann und die Frau des Jenseits, besonders aber der *gbetsi*, „das hinterlassene Wort", von dem es ein gutes und ein böses gibt. Die Namen der beim Menschen selbst wohnenden Schutzgötter sind: der *aklama*, der allezeit hilfsbereite Segensspender, sowie *dzogbe* und *kpegbonola*, dessen Aufgabe es ist die Lebensjahre der Menschen dem Tod gegenüber zu verteidigen.

2. Die Zauberei

Der Glaube an die geheimnisvolle Kraft des Zaubers ist im ganzen *Ewe*lande bei Männern und Frauen tief eingewurzelt, und sie bringen ihn in den verschiedensten Lebenslagen zur Anwendung. Der Zauber heißt *dzo*, „Feuer", und derjenige, der ihn besitzt, ist ein *dzoto*, „Feuerbesitzer". Die Anwendung des Zaubers heißt *sa*, „binden, knüpfen" also die Kraft des Zaubers irgendwo festbannen, was gewöhnlich äußerlich durch Umbinden von Schnüren und dergl. geschieht. Der Zauber kann einen Gegenstand wieder verlassen und ist dann entwertet, weil seiner Kraft „entleert".

Im allgemeinen ist zu unterscheiden zwischen der privaten und der im Rechtsleben zur Anwendung kommenden Zauberei.

a. Die Zauberei im Privatleben

Wie schon bemerkt, treiben die meisten Heiden für sich und ihre nächsten Familienangehörigen Zauberei. Dieselbe ersetzt ihnen die Hausapotheke. Sie erwerben sich dazu über-

Ein mit Zaubermitteln ausgerüsteter Krieger
Aus: Jakob Spieth s.o. (14). Einleitung IV., Die Religion. Seite 70

all, wo es Gelegenheit gibt, Zaubermittel, welche gegen die Einflüsse böser Götter, Geister und Menschen in Anwendung gebracht werden. Während sich nun die einen damit auf den einfachen Hausgebrauch beschränken, lassen sich andere auf einen gewerbsmäßigen Betrieb der Zauberei ein, wozu sie sich je nach ihren Vermögensverhältnissen möglichst viel Zaubermittel käuflich erwerben. Wie bei uns hierzulande der Arzt, so wird im *Ewe*land der Zauberer zu einem Kranken gerufen, der dann nach Feststellung der Krankheitsursachen auch die entsprechenden Zaubermittel in Anwendung bringt. Unter dieser Klasse von Menschen soll es auch solche geben, die zwar über eine große Zahl von Zaubermitteln verfügen, sie aber vor der Öffentlichkeit geheimhalten. Sie sind die gefürchtetsten Menschen, weil sie oft mit scharfen Giften ausschließlich im geheimen wirken. Sie gehen immer darauf aus, einen ihnen mißliebig gewordenen Menschen unbemerkt aus dem Leben zu schaffen. Zu diesem Zweck bringen sie Gift in sein Getränk, seine Schüsseln und Teller, ja sogar in den Herd, auf dem die Speisen gekocht werden. Sie vergraben zauberkräftige Dinge, wie z.B. Antilopenhörner, Kaurimuscheln, gebrauchte Maizapfen und dergl. unter dem Türeingang ins Gehöfte oder auf den Acker des Feindes. Wird jemand als geheimer Zauberer entdeckt, so kennt die Volkswut kein Mitleid mehr mit ihm, und er wird meist auf die grausamste Weise hingerichtet.

b. Die Zauberei im Rechtsleben

Eine andere Seite der Zauberei kommt in *aka*, dem „Gottesurteil" zum Ausdruck. Die Übersetzung „Gottesurteil" deckt sich zwar nicht mit dem Wort, wohl aber mit dem Sinn, den es in der Volksanschauung hat. Wie die Zauberkraft hauptsächlich die Wiedergenesung Kranker und den Tod unliebsamer Menschen bewirkt, so tritt sie im *aka* für Recht oder Unrecht ein und wird deshalb ausschließlich im Gerichtswesen angewandt.

Beide Zauberformen sind unpersönlich und treten nur auf Befehl und nach dem Willen ihres Besitzers in Tätigkeit. Während aber derjenigen Dinge, in welche der Zauber hineingebannt wurde, Legion ist, so beschränkt sich das *aka* auf etliche wenige Arten, die weithin im Lande bei Rechtsstreitigkeiten angewendet werden. Da besteht z.B. die eine darin, daß der *Aka*besitzer dem Angeklagten heißes Öl in die Hand gießt; dem Schuldigen verbrennt es die Hand, der Unschuldige dagegen empfindet keine Schmerzen, behält das Öl ruhig in der Hand und salbt sich damit ein. Das Geheimnis ist leicht zu erraten: Es wurde ihm statt siedendem nur warmes Öl in die Hand gegossen. Eine andere Art besteht darin, daß den zu Prüfenden Männern mit einem glühenden Eisen das Schienbein gebrannt wird. Derjenige nun, welcher keine Schmerzen dabei empfindet, wird als unschuldig erklärt. Auch hier beruht das Ergebnis auf Betrug, der dadurch ermöglicht wird, daß dem einen mehr und dem andern weniger von der schleimigen Masse an das Bein gestrichen wurde, die die Wirkungen des glühenden Eisens abschwächt.

Wie die erste Art, so wird auch diese gekauft, wobei Käufer und Verkäufer Blutsbrüderschaft schließen. An die Erwerbung schließt sich dann noch eine öffentliche und feierliche Weihe, in welcher der *aka* im Beisein von Zeugen geprüft wird. Die *Aka*besitzer sind unter dem Volke gefürchtet und bilden untereinander einen engen Verband, in dem man sich auf weite Entfernungen hin gegenseitig über die neuesten Vorgänge auf dem Laufenden erhält.

3. Der Mensch

a. Abstammung

Der Leib des Menschen ist von Erde und wurde von Gott „gebildet", dessen Hauptarbeit es heute noch ist, menschliche Körper zu formen. Zur Herstellung eines menschlichen Körpers braucht Gott die Kinnlade eines verstorbenen Menschen und Töpferton, den er knetet und formt. Für die Herstellung seines Körpers gebraucht der *Eweer* die Worte *me*, „formen" und *wɔ*, „machen". Anders verhält es sich mit der geistigen Seite seines Wesens, sagen wir kurzweg, seiner Seele. Sie stammt aus der Seelenheimat *Amedzowe*, wo sie von der Geistermutter „geboren wurde" und nach ihrer Geburt ein selbständiges Dasein führte, das Ähnlichkeit hat mit dem Leben im Diesseits. Als diesseitiger, mit Leib und Seele begabter Mensch wird er erst im Diesseits von Menschen geboren. Einer Geburt im Diesseits ging die Verabschiedung im Jenseits, der Seelenheimat, voraus. Dabei gab die Geistermutter dem Scheidenden verschiedene Segenssprüche mit. Er seinerseits versprach dort, bis wann er wieder zurückkehren werde. Dieses Versprechen wird *gbetsi*, das „hinterlassene Wort" oder das „personifizierte Versprechen" genannt.

b. Beschaffenheit

Aus dem Jenseits brachte der Mensch auch sein Lebensgeschick, sowie einen fertigen Charakter mit ins Diesseits. Ein gutgearteter Mensch war dort schon gut, und ein mit Schlechtigkeiten behafteter Mensch war dort schon schlecht gewesen. Daher kommt es daß viele ihre gesetzwidrigen Handlungen mit der Redeweise entschuldigen: „Das ist eben meine Art von der Seelenheimat her." Wenn solche sich haben etwas zu schulden kommen lassen, die mit einem „guten Charakter" in diese Welt hereingekommen sind, so führen sie die Ursache davon auf den Einfluß eines bösen *gbetsi* aus dem Jenseits oder auch eines bösen Erdengottes zurück.

Angesichts dieser Anschauungen ist es merkwürdig, daß der Mensch nicht nur unter dem Einfluß seines aus dem Jenseits mitgebrachten Charakters, sondern auch unter der Leitung seines Herzens im Diesseits handelt. Die Glieder werden deswegen auch als die Untergebenen des Herzens angesehen, und ehe sie eine böse Handlung verrichten, wehrt ihnen das Herz ab, „es spricht Worte". Die Versuchung geht durch die Vermittlung des Auges oder Ohres von Dingen aus, die außerhalb des Menschen sind, aber nie von Herzen. Die Wirkungen der bösen Tat sind die, daß das „Herz dem Menschen etwas sagt", daß es „sich bewegt", „unruhig ist", „sich fürchtet". Diese Tätigkeit des Herzens nach der bösen Tat bestimmt manchen Menschen, seine Schuld zu bekennen und Abbitte zu tun. Andere treibt sie auch in den Tod, wie das aus der Fabel der Tsentse und dem Gesang des Vogels deutlich zu ersehen ist.

c. Das Lebensziel

Der Tod ist zwar die Grenze des irdischen Lebens, nicht aber die Vernichtung seiner persönlichen Existenz. Der Mensch stirbt erst dann, wenn die von ihm bestimmte Lebensdauer abgelaufen ist. Nach ihrer Loslösung vom Leibe geht die Seele seufzend einher und stört ihre Hinterbliebenen. Sie klopft an ihre Türe oder geht als weiße Gestalt auf der Dorfstrasse umher, wo sie die ihr im Leben unangenehm gewordenen Menschen mit Steinen bewirft; dann aber muß sie wandern, und das Ziel ihrer Reise ist die Unterwelt. Aber auch diese ist nur ein Durchgangsort, von der sie über kurz oder lang wieder ins Diesseits zurückkehrt, wo sie als Mensch in ihrer Familie oder aber in gewissen Tieren ihr Dasein fortsetzt. Die Fabel von *Safudu Kwaku* beweist jedoch, daß manche Menschen nach ihrem Tode auch sofort von Gott in den Sonnenaufgang versetzt werden.

B. Kultus

1. Verehrung der Himmelsgötter

a. Verehrung des „großen Gottes"

Wenn gesagt wird, daß in Afrika die Gottesverehrung hinter den Geisterdienst zurückgetreten sei und ganz vernachlässigt werde, so stimmt das mit den Tatsachen im *Ewe*lande nicht überein. Wohl kann ein Zurücktreten, nicht aber eine gänzliche Vernachlässigung festgestellt werden. Auch die Behauptung des Engländers Ellis, daß Gott, obgleich der mächtigste aller Götter, nie direkt Opfer dargebracht werden, und daß selten zu ihm gebetet werde, ist nicht unbedingt richtig. (1) Versteht man unter dem höchsten Gott den Himmel, so ist darauf hinzuweisen, daß es besondere Himmelspriester gibt, die beides, Opfer und Gebete, darbringen. Wenn z.B. der Himmelspriester in *Ho* zum Himmel betet: „O, unser Vater und unser Herr! Wir danken dir; aber siehe, wie unser Land so trocken ist! Es ist sehr dürre, und wir müssen hungern. Gib, daß es heute, heute noch regnet!" – so ist das ein unmittelbar an Gott gerichtetes Gebet. Außerdem bringt der Priester Gott jedes Jahr unter Gebet ein Stück Yams als Opfer dar, den er speziell für diesen Zweck gepflanzt hatte. Versteht man unter dem „großen Gott" den göttlichen und personifiziert gedachten Segen, so stimmen die Beobachtungen von Ellis wieder nicht, weil er nicht nur wöchentlich und monatlich, sondern auch jährlich verehrt wird. Wie der Priester des Himmels, so muß auch der Priester des „großen Gottes" sich durch Waschungen, Betupfen des Körpers mit weißer Erde und Anlegen einer weißen Kleidung für den Dienst vorbereiten. Selbst sittliche Reinheit wird wenigstens für diese Handlungen von ihm gefordert. Als Opfertier darf nur ein ganz weißes Schaf genommen werden, das der Priester, bevor es geschlachtet wird, dreimal gen Himmel hält.

b. Verehrung der Götter *Sodza* und *Sogble*

Wer sich länger mit der Religion der *Eweer* beschäftigt hat, wird sich des Eindrucks nicht erwehren können, daß vielerorts *Sodza* als der „große Gott" angesehen wird und *Sogble*, obgleich sein Gemahl, doch auch wieder sein Diener ist. Wie dem aber auch sein mag, auch zu ihm wird gebetet, auch werden ihm Opfer, bestehend in Yams und weißen Schafen dargebracht. Ja noch mehr bei der Verehrung der Erdengötter wird das ihnen zugedachte Opfer neunmal gen Himmel gehalten, und der Priester bietet es zuerst dem Gott *Sodza*, der mächtigen Mutter des Wachstums, als sein Opfer an, und nun erst werden die Erdengötter, denen das Opfer gilt angeredet. Neben dieser unmittelbaren Verehrung wird freilich auch *Sogble* als Vermittler des Gebets gedacht; aber auch zu ihm selbst wird gebetet und das für ihn bestimmte Opfer darf nur in einem weißen Schaf bestehen.

2. Verehrung der Erdengötter

Wie die Verehrung der Himmelsgötter, so knüpft sich auch die der Erdengötter an feste Zeiten oder auch an zufällige Ereignisse, wie Krieg, Seuchen und teure Zeit. An den Opferhandlungen beteiligte sich in früheren Zeiten der ganze Stamm oder die Stadt, welche die Schützlinge des Gottes waren, dem sie galten. Das Opfertier, gewöhnlich eine Ziege, wurde unter Gebet in die Höhe gehalten und dem Gott mit der Einladung angeboten, er solle kommen und sein Opfertier in Empfang nehmen. Dann drückte man den Kopf des Tieres in eine mit Wasser gefüllte Grube, und, während die einen ihm Maul und Kehle zudrückten, mißhandelten es die andern, bis es verendete. Der Schluß wurde mit Opfermahlzeit und Segenspendung von seiten des Priesters beschlossen. Letztere bestand darin, daß die Verehrer mit einem auf dem Opferplatz angerührten Schlamm bestrichen wurden.

3. Verehrung der persönlichen Schutzgötter

Bei dieser handelt es sich meistens um Darbringung kleiner Lehmgötzen, die als Tauschmittel angesehen werden, d.h. der Empfänger derselben soll sie an Stelle des Opfernden annehmen. Dazu kommen noch Feldfrüchte und Hühner. Da von einer öffentlichen Verehrung des Zaubers nicht gesprochen werden kann, weil es keine gibt, so gehe ich über zum

4. Ahnenkult

Dieser kommt zum Ausdruck bei den Totenfesten, bei der Verehrung des königlichen Stuhles, beim Gebet zum Palmenwald und endlich bei der Verehrung der Sonne.
Den Verstorbenen werden Opfer mitgebracht, wenn die Angehörigen den Geist zitieren lassen, um von ihm die Ursachen seines Todes zu erfahren. Man gießt Wasser und Palmwein auf ihr Grab und stellt Speisen für sie an den Weg.
Das Schaf, das für den Königsstuhl dargebrachte Opfer beim Yamsfest, gilt den königlichen Ahnen, die je auf dem Stuhl gesessen waren.
Sollen Palmen zum Palmenweinmachen gefällt werden, so wendet sich das Familienhaupt im Gebet an alle Vorfahren und bringt ihnen ein Mehlopfer dar. Er bittet sie, ihnen nicht böse zu werden, wenn sie Palmen fällen, damit keines von ihnen krank werde und der Palmwein reichlich fließe.
Im Inneren beten viele Betrübte zu der aufgehenden Sonne und wenden sich damit an ihre verstorbenen Angehörigen, denen sie ihren Jammer klagen oder sie bitten, zu kommen und sie zu sich zu holen, oder sie mögen den krank zu Hause liegenden N.N. nicht länger belästigen. Ihre Opfer bestehen in Kehricht, verbranntem Yams und verbranntem Mais, das man im Busch da niederlegt, wo die Geräte der Verstorbenen stehen.

Anmerkungen:

(1) Vergl. Ellis: The Ewe-speaking Peoples of the Slave Coast. Seite 33

Jakob Spieth s. o. (14). Einleitung IV., Die Religion. Seite 67—73

C. Monarchie
2. Einsetzung des Königs

„Die Einsetzung des Königs fand am 8. März 1886 statt. Als uns die Häuptlinge dazu einluden, brachten sie uns ein Geschenk: Yams, Palmwein und ein Huhn, und baten, wir möchten ihnen drei Zylinderhüte aus Europa bestellen.
Die Einsetzung des Königs wurde nicht öffentlich, sondern nur in Gegenwart der Häuptlinge und einiger aus dem Volke ernannter Männer vorgenommen. Ihre Zahl mag sich auf etwa zwanzig Personen belaufen haben. Die Hauptpersonen waren der neue König *Kumi*, der *Dente*priester *Komla* und ein altes, abgezehrtes Weib, das ebenfalls als Priesterin dabei tätig war.
Kumi ist ein schlanker, gutmütig aussehender Mann, dessen Auftreten wenig Energie verrät. Seine Kleidung bestand aus einem roten Lendentuch und aus einem großen, weißen Stück Zeug, das er nach Landesart über die linke Schulter gelegt hatte. Das Haupt, die rechte Schulter, sowie Hände und Füße waren unbedeckt.

Kriegshut mit Widderhörnern dem Sinnbild der Kraft

Aus: Jakob Spieth s. o. (14) Der Ho-Stamm.
  3. Kapitel: Verfassung, Rechts- und Gerichtswesen. S. 101

Das Volk durfte der eigentlichen Einsetzungsfeier nicht beiwohnen, weil es den Thron und einen Teil der übrigen Insignien nicht sehen darf. Diese bestehen aus einem großen Landesstuhl, auf dem ein ledernes Polster liegt. Auf diesen Stuhl setzt sich der König bei Gerichtsverhandlungen. Es gehört noch dazu ein kleiner, ganz mit Blut bestrichener Landesstuhl der eine schmutzig-schwarze Farbe hat, und der für gewöhnlich in ein weißes Tuch gewickelt ist. Dies ist der eigentliche Thron. Endlich gehören dazu verschiedene Kuh- und Pferdeschwänze und eine Hängematte, auf der drei bis vier Schwerter, der Schirm des verstorbenen Königs, sein Kriegshut und verschiedene andere Sachen lagen. Der Kriegshut ist aus einem Widderkopf gemacht und mit großen Federn geschmückt. Diese Gegenstände werden sorgfältig in einer Hütte aufbewahrt. Bevor sie jedoch angefaßt und herausgetragen werden durften, mußten sich die Männer einer Reinigung unterziehen, die in folgender Weise vor sich ging: Der *Dente*priester *Komla* brachte eine Messingschüssel, in der geweihte Blätter waren, worüber sie Wasser gossen. Die Schüssel wurde von *Komla* und von dem alten Weib, von dem neuerwählten König *Kumi* und einem anderen Manne gehalten.

Während diese vier Personen die Schüssel in die Höhe hielten, rief der Priester den Geist des verstorbenen Königs an und bat ihn, er möge auf *Kumi* alle seine Macht übergehen lassen und dadurch die Macht des Hofstammes wieder befestigen. Hierauf bestrichen sich diese vier Personen Hände, Gesicht und Brust mit dem geweihten Wasser, und der Priester *Komla* brachte die Insignien aus dem Zimmer heraus in das Gehöfte. *Kumi* mußte nun vor dem Throne niederknien, worauf ihm der Priester einen bereitstehenden Widder auf die Schultern legte. Dann betete er zu den Göttern, und der König mußte ihm kniend etwas nachsprechen. Nach dem Gebet und der Vereidigung des Königs wurde ihm der Widder von den Schultern weggenommen und vor den Thron gelegt. Hierauf hielten sechs Männer das Tier in die Höhe und schwangen es verschiedene Male nach oben. Währen dieses Vorganges betete der Priester laut zu den Göttern. Als er sein Gebet beendigt hatte, wusch er seine Hände, Gesicht und Brust mit dem geweihten Wasser, trank davon und besprengte alle diese Gegenstände, vom Thron bis zum Kuhschwanz, mit dem gleichen Wasser. Der Widder, den die Männer unterdessen immer noch in der Höhe gehalten hatten, wurde in dieser Stellung getötet. Mit einem Messer schnitt ihm ein Mann den Kopf ab. Das ausströmende Blut wurde in einer Schüssel aufgefangen. Die eine Hälfte mischten sie mit Ruß, und die andere wurde zu einer Suppe verwendet. Nachdem sie dem Tier das Fell abgezogen hatten, gaben sie den Anwesenden einen Teil des Fleisches. Der König *Kumi* aber erhielt zwei Teile, nämlich Brust und Kopf. Das Fleisch und die Eingeweide wurden gekocht. Während einige Männer mit dem Zurichten des Fleisches beschäftigt waren, bestrichen der Priester mit seinen Gehilfen die Insignien mit der schwarzen Masse, die aus der Mischung des Blutes mit Ruß hergestellt war. Dann legten sie im Hof quer über den Eingang grüne Zweige als Schranke, die von den Geistern nicht überschritten werden dürfe. Neben diesen Zweigen legte der Priester Opfer: Yams, Mehl und Kot aus dem Magen des Widders nieder. Hierauf betete er zu den Geistern und sagte unter anderem, wenn sie je kommen, so sollen sie mit dieser Speise vorlieb nehmen und dann wieder abziehen.
Den Schluß der Feier bildete ein Festmahl, bei dem sie sich das Fleisch des Widders schmecken ließen. Nach dem Essen bestrich sich der Priester *Komla* ganz mit weißer Erde und tanzte mit fast völlig entblößtem Körper die ganze Nacht hindurch.

3. Stellung des Königs

Die Stellung des Königs ergibt sich schon aus der Wahl und aus der Einsetzung. Er ist kein unumschränkter Selbstherrscher, sondern kann nur im Verein mit den übrigen Häuptlingen regieren. Der König, der erste Häuptling *Awede* von *Banyakoe* und derjenige von *Ahoe* bilden den Kern der Regierungsbehörde, deren Glieder „Stadtväter", *dutowo*, heißen. Ihnen ist noch ein Sprecher beigegeben. Letzterer hat einige Ersatzmänner, die ihn vertreten, wenn er an der Teilnahme der Sitzungen verhindert ist. Zu diesem Kollegium gehört noch ein Beirat, der sich aus den ersten Häuptern größerer Familien zusammensetzt. Diese werden *awetowo*, Herren, wohl am besten „Ratsherren", genannt. Dieser Körperschaft gegenüber steht die Gemeindevertretung, *asafo* genannt. Hierzu gehören der *asafofia*, der „Gemeindekönig" (1) und sein Sprecher. Ihm ist die ganze junge Mannschaft eines Dorfes unterstellt. In Kriegszeiten muß er für Pulver und Blei sorgen, und solange er vor dem Feinde steht, darf kein Krieger zurückweichen. In Friedenszeiten ist er die Mittelperson zwischen Häuptlingen und Mannschaft des Dorfes, andererseits muß er diese letztere wieder gegenüber den Häuptlingen vertreten. Die junge Mannschaft hat das Recht, Einsprache gegen

---

(1) Gemeindevorsteher, Gemeindehäuptling, Obmann.

Beschlüsse der Häuptlingschaft zu erheben. Wenn sie Beschlüsse und Gesetze der Häuptlinge mißbilligen, so besprechen sie sich zuerst mit ihrem Obmann, dem *asafofia*. Ihm fällt dann die Aufgabe zu, den Willen der Mannschaft vor die *Howeawo*, d. h. vor das gesamte Richterkollegium, zu bringen. Dieses unterzieht seine Beschlüsse hierauf einer Revision und nimmt womöglich auf die Wünsche des Volkes Rücksicht. Die Macht der *zoha* oder der Mannschaft geht so weit, daß sie König und Häuptlinge absetzen können. Allerdings müssen sie in diesem Fall den größeren Teil der Häuptlingschaft auf ihrer Seite haben. Diese Machtbefugnis wird jedoch nur im äußersten Notfall und immer auf gesetzlich traditionellem Wege in Anwendung gebracht, so z. B., wenn sich der König oder ein Häuptling hat Handlungen zu Schulden kommen lassen, die den Namen und das Ansehen des ganzen Stammes schädigen. Das Vertrauen der Häuptlingschaft und des Volkes muß sich der König durch weises Reden und Handeln erwerben. Gelingt ihm das, so wird ihm das Vertrauen des Stammes seine Arbeit erleichtern. Gelingt es ihm aber nicht, so stößt er überall auf Hindernisse.

Von einem verständigen König sagt man: *Mawu ena fiadudu*, „Gott hat ihm die Regierung gegeben", oder auch: *Mawu ena fiae*, „Gott hat ihn zum König gemacht." Der Charakter eines solchen Königs wird mit dem Worte *fa* als friedliebend beschrieben. Ein guter König grüßt seine Untertanen freundlich und sagt: *Togbui, ano sesie; ano agbe, mano de nu wò* „Großvater, (1) bleibe gesund; bleibe am Leben, und ich will bei dir sein." Kommt einer der Untertanen in sein Gehöfte, so bietet er ihm gerne eine Kalebasse Palmwein an. Wer ihn besucht, und sollte es selbst ein Kind sein, soll merken, daß er den König mit seinem Besuch erfreut hat. Hat er gerade nichts bei sich, was er dem Besucher anbieten könnte, so entschuldigt er sich und sagt: „Leider habe ich augenblicklich nichts, was ich dir anbieten könnte; aber: – (sich zu einem seiner umstehenden Leute wendend) – „du, gib ihm einige Kaurimuscheln, daß er sich ein Brot kaufen kann!"

Ein guter König „hört, als höre er nicht", *ele nyawo sem abe de mele wo sem o nene*. Hat er über irgend jemanden etwas gehört, so macht er keinen Lärm darüber, sondern ruft seine Ratgeber, um es mit ihnen zu besprechen. Stimmt das, was sie gehört hatten, überein mit dem, was der König gehört hat, so trifft er Veranstaltungen, die Sache in Ordnung zu bringen. Wird jemand von den Richtern verurteilt, so sagt er nicht kurzweg sein Urteil heraus, sondern bezeugt dem Verurteilten zuerst seine Teilnahme. Er nimmt dadurch dem Bitteren die Bitterkeit und dem Scharfen den Stachel. Das freut auch den Verurteilten, so daß er sich seine Strafe für die Zukunft zur Warnung dienen läßt.

Ein guter König muß auch ein fleißiger Ackerbauer sein, damit er durch tüchtige Arbeit seinen Untertanen ein gutes Beispiel geben kann. Wie alle andern geht er nicht nur auf den Acker, sondern webt auch zu Haus Kleider. Seine Untertanen ermahnt er, nicht zu den Feinden da oder dorthin zu gehen und sich kein Unrecht zu Schulden kommen zu lassen, weil er ihnen sonst nicht helfen könne. Die Untertanen eines guten Königs werden reich, und wo sie ihren Glanz zur Schau tragen, da redet man nicht von den *Hoe*rn, sondern von dem König, der *Hoer*.

Wie mit seinen richterlichen Aussprüchen, so beruft er sich auch in Bezug, auf seine Regierungsgrundsätze auf Gott, indem er sagt: *Mawu megbloe nam sigbe o*, „Gott hat es mir nicht so gesagt." Von einem schlechten König sagt der Volksmund: *Ewe fiadudu etso anyigba*, „Er hat sein Regiment von der Erde".

---

(1) Die Anrede „Großvater" ist ein Ehrentitel, der selbst kleinen Kindern beigelegt wird.

4. Leibdiener des Königs

Jeder größere König, im *Ewe*land besitzt eine Anzahl Diener, die *tsyonfowo* genannt werden. Der alte König *Kofi* in *Dome (Wegbe)* soll nicht weniger als 24 Diener gehabt haben. Ihre Aufgaben sind mannigfaltig. Während die einen täglich um den König sein müssen, ihn zu bedienen, sind die anderen seine Amtsdiener, seine Bevollmächtigten und seine Träger. Will der König bei irgend einem festlichen Anlaß sich vor dem Volk in seiner königlichen Würde zeigen, so läßt er sich von seinen Dienern in einem etwa 2 Meter langen Korb, *apaka*, tragen. Es stehen immer vier Mann unter dem Korb, die andern gehen alle vor dem König her und treiben die Leute aus dem Wege. Ihr Abzeichen ist ein aus einer dicken Tierhaut spiralförmig gedrehter Riemen, *atam*, von dem sie unter Umständen reichlich Gebrauch machen. Ziegen und Schafe, die ihnen in den Weg kommen, dürfen sie ungestraft töten und unter sich verspeisen. Sie sind auch bei sonstigen Gelegenheiten in unmittelbarer Nähe des Königs, tragen ihn auf den Schultern und stützen ihm bei langen Sitzungen den Rücken. Hat jemand den Eid des Königs geschworen, so werden die Betreffenden, der Eidleister, sowie derjenige, auf welchen der Eid geschworen wurde, durch diese Diener vor das Gericht des Königs, geladen. Wer sich ihrer Vorladung widersetzt, kann von ihnen mit dem *atam* geschlagen oder gebunden und in ein Zimmer geworfen werden, wo er über sein Schicksal nachzudenken Gelegenheit hat. Auf jemanden, der sich ihnen widersetzt oder sie belügt, dürfen sie auch die höchsten Eide schwören, woraus natürlich bedeutende Unkosten erwachsen. Die Angehörigen eines von den Dienern des Königs Vorgeladenen lassen es aber gewöhnlich nicht so weit kommen, weil ja die darauf folgende Strafe sie alle treffen würde.

Bezahlung bekommen diese Diener nicht; dagegen dürfen sie sich dadurch schadlos halten, daß sie sich zum größten Teil die Strafgelder der Verurteilten aneignen. Wurde z. B. jemand zu 60 oder zu 100 *hotu* und zu einem Widder verurteilt, so muß der *tsyonfo* das Geld eintreiben. Von der ganzen Summe aber erhält der König selbst im besten Fall 10—20 *hotu* (1), muß aber auch sehr oft mit 4,50 Mark zufrieden sein. Das übrige behalten diese Diener für sich. Den Widder bekommt der König regelmäßig zu seinem eigenen Gebrauch.

(1) Früher ebensoviele Mark.

Jakob Spieth s. o. (14). I. Der Ho-Stamm. 2. Kapitel. Verfassung, Rechts- und Gerichtswesen. Seite 101—104

Personen- und Sachregister

Abetifi (Stadt in Ghana)	S. 18
Abidjan (Hauptstadt der Republik Elfenbeinküste)	S. 9
Abstammung	S. 31
Accra (Hauptstadt in Ghana)	S. 15, 18, 19, 28, 29, 31
„Achimota College" in Ghana	S. 19
Addis Abeba (Hauptstadt von Äthiopien)	S. 11, 28
Adehye (Adel)	S. 31
Adjas (Ewe-Stamm)	S. 35
Adinkra (Symbolsprache)	S. 22, 23
Afadzato (höchster Berg in Ghana)	S. 63
Afrika	S. 9—17
Afrikanische Theologen	S. 24
„Agbogbo Za" (Fest der Ewe)	S. 30, 83
Agogo (Stadt in Ghana)	S. 18
Ahemfo (Gebietskönige)	S. 31
Ahnen & Ahnenkult	S. 21, 31, 35, 43, 44, 99
Akan (Bevölkerungsgruppe in Ghana)	S. 19, 24, 29
Akosombo (Gemeinde in Ghana)	S. 20
Akropong (Stadt in Ghana)	S. 18
Akwasi Bochie (Ashanti Prinz)	S. 19
„All Ewe Conference"	S. 35, 84, 85
AME-Zion	S. 24
Amerika	S. 28, 43
Amo, Dr. Wilhelm	S. 19
Analphabeten	S. 20, 26
Ananas	S. 20
„Anane Otterstadt"	S. 65
Annan, Kofi Atta	S. 61
Anglikaner	S. 28
Angola	S. 11
Animismus	S. 21, 45
Apartheid	S. 11
Apostolische Kirche	S. 24
Äquator	S. 20
Arbeitslosigkeit	S. 11, 19, 26
Arbeitswelt	S. 66
Arbeitsmarkt	S. 20, 26
Armutsgrenze	S. 26, 31
Asafo (Hofgarde)	S. 31
Ashanti (Stamm in Ghana)	S. 19, 28
Asylanträge, Asylbehörde	S. 26
Atakpamé (Stadt in Togo)	S. 83
Äthiopien	S. 11
Audienz	S. 58
Auslandsverschuldung	S. 19
Ausländerfeindlichkeit	S. 50, 53
Auswanderung	S. 26

Bafilo (Stadt in Togo)	S. 83
Bananen	S. 20
Bandlitz, Paul, Augenoptiker	S. 77
Bansah, Céphas	S. 19 ff
Bantum (Volk in Südafrika)	S. 17
Baptisten	S. 24
Bargfrede, Heinz Günther	S. 76
BASF Aktiengesellschaft	S. 65, 79
„Basler Mission"	S. 21, 28
Bassarin (Stadt in Togo)	S. 83
Bauern	S. 20
Baumwolle	S. 20, 21, 62
Bauxit	S. 26
Bawhu (Stadt in Ghana)	S. 18
Begoro (Stadt in Ghana)	S. 18
Behrens, Gerd	S. 17
Belgien	S. 28
Benin (ehem. Königreich in Süd-Nigeria)	S. 35, 43
„Berliner Kolonialkonferenz"	S. 28
„Berliner Zeitung"	S. 69
Berufsschule	S. 64, 66, 71
Besessenheit	S. 43, 44
Bevölkerungswachstum	S. 21, 63, 66
Biafra (Name des östlichen Teils Nigerias)	S. 11
„Bilad el Sudan" (Das Land der Schwarzen)	S. 24
„Bild + Funk"	S. 32
Bildungseinrichtungen	S. 20
Bodenrecht	S. 21
Bodenschätze	S. 26
Böse Geister	S. 21
Bothmer, Hans Lord Graf von	S. 76, 77
Botswana (Republik im südlichen Afrika)	S. 16
Burkina Faso (Republik in Westafrika)	S. 18, 25, 83
Boxen	S. 50
Brandenburger	S. 28
Brasilien	S. 43
„Bremer Mission"	S. 21
Brillenspende	S. 69
Briten	S. 28, 35
Britische Kolonialherrschaft	S. 21, 35
Britische Kronkolonie	S. 28
Bruttosozialprodukt	S. 31
Buddhisten	S. 21
Bundesasylbehörde	S. 26
Bundesministerium für Wirtschaftliche Zusammenarbeit (BMZ)	S. 26
Busanga (Stamm in Ghana)	S. 29
CC Blau Weiß, Hockenheim	S. 77
Cedi (Landeswährung in Ghana)	S. 26, 79
„Chiefs" (Häuptlinge und Könige)	S. 45
Christen (Christentum)	S. 21, 24

Christianisierung	S. 21, 45
Christliches Jugenddorf Limburgerhof	S. 54, 57
Ciskei (autonomer Staat in der Republik Südafrika)	S. 17
Clan (Sippen- und Stammesverband)	S. 31, 35, 43
Cobbinah, Jojo	S. 33
„Codex Juris Canonici" (Gesetzbuch der Kath. Kirche)	S. 40
„Convention People's Party"	S. 28
Crowther, Samuel	S. 28
Dahomey (ältere Bezeichnung für Benin)	S 43
„Daily Graphic" (Tageszeitung in Ghana)	S. 24
Daimler Benz AG, Mannheim	S. 65, 66, 71
Dänen	S. 28
Daum, Joachim, Restaurant „Zum Landgrafen"	S. 77
d'Aveiro, João (Boschafter Portugals)	S. 28
Davidson, Basil	S. 28
Dayi (Fluß in Ghana)	S. 72 ff
Delker, Optiker	S. 76
Deutsches Rotes Kreuz	S. 81
Deutsches Weltgebetstagskomitee	S. 17
Deutschland	S. 17, 28
Dieterich, Georg	S. 81
Dominik, Nikolaus	S. 9
Dormaa-Ahenkro (Stadt in Ghana)	S. 18
Dörrsam, Marianne	S. 76, 77
dpa (Deutsche Presse Agentur)	S. 9
Durbars (Fest)	S. 47
Dürre	S. 26
Düsseldorf	S. 63
Ehe	S. 35, 38
Ehling, Holger E.	S. 24, 33
Eigentumsbegriff	S. 21
Einschulungsraten	S. 20
Ekstase	S. 43
Elfenbeinküste (Republik in Westafrika)	S. 18
Ellwert, Carola	S. 43
Elmina (St. Georges-de-la-Mine)	S. 28
Engländer	siehe Briten
Entwicklungshilfe	S. 63
Erdnüsse	S. 21
Eritrea (Äthiopische Provinz am Roten Meer)	S. 11
Ernährung	S. 66
Erwerbstätigkeit	S. 11, 20
Erzeugerpreise	S. 14
Erziehung	S. 50
Ethnische Gruppierungen	S. 9, 11, 24, 29
Evangelische Presbyterianer	S. 24, 82
Ewe	S. 24, 35 ff
Exorzismus	S. 40
Export	S. 17

FAO (Welternährungsorganisation)	S. 9
Familienleben	S. 47
Fetischismus	S. 21, 45
Fetischpriester	S. 21
Fischerei	S. 20, 38
Flüchtlinge	S. 14
„Focus"	S. 87
Fon (Stammesvolk der Ewe)	S. 35
Fontane, Theodor	S. 82
Forschungsmöglichkeiten	S. 66
Frankreich	S. 28
Franskei (Autonomer Staat in der Republik Südafrika)	S. 17
Franzosen	S. 28
Französische Kolonien	S. 28
Französisch Westafrika	S. 28
Fraser, Gordon	S. 55
Freiberg	S. 19
Freise, Reinhilde	S. 28, 33, 55
Freizeit	S. 66
„Friedelsheimer Wassergruppe"	S. 74
Friedrich-Ebert-Stiftung	S. 26, 33
Fufu (Speise)	S. 74, 81
Fugu (Kleidungsstück)	S. 38, 40
Fulbe (Bevölkerungsgruppe in Ghana)	S. 29
Fußball	S. 50
Fußgönheim	S. 74, 81
Ga-Adangme (Stamm in Ghana)	S. 24, 29
Galaterbrief	S. 82
Garlake, Peter	S. 28
Gastarbeiter	S. 26
Gebet zur Inthronisation	S. 55
Geburtenkontrolle	S. 66
Gehörlosenverein e.V., Ludwigshafen	S. 77
Geisterkult	S. 43—45
Gemüse	S. 20
Generationenvertrag	S. 31
Geschwister-Scholl-Gymnasium, Ludwigshafen	S. 77
Ghali, Butros	S. 11
Ghana	S. 17, 18 ff, 35 ff
„Ghana Airways"	S. 63
„Ghanaian Times"	S. 79
Gin	S. 61
„Die Glocke"	S. 54, 57
„Gmünder Tagespost"	S. 68
Gnielinski, Stefan von	S. 29, 33
Gold	S. 26, 28
„Goldener Stuhl"	S. 28, 35
Goldküste	S. 21, 28
Golf von Guinea	S. 20
„Gong"	S. 56

Gosselk, Günter	S. 76
Gott	S. 21, 42, 43
Götterkult	S. 21, 24, 93 ff
Grimminger, Bäckerei	S. 76
Großfamilien	S. 35, 38
Großbritannien	S. 28
Grundnahrungsmittel	S. 14
Grusi (Bevölkerungsgruppe in Ghana)	S. 29
Guan (Bevölkerungsgruppe in Ghana)	S. 29
Gur (Sprache in Ghana)	S. 19, 29
Gurma (Bevölkerungsgruppe in Ghana)	S. 29
Haferkamp, Rose	S. 33
Halle an der Saale	S. 19
Handauflegen	S. 24
Hare Krischnahs	S. 21
Häuptlinge	S. 45
Hausa (Sprache in Ghana)	S. 29
Heidnische Idole	S. 21
Heilsarmee	S. 24
Heilungsgottesdienste	S. 24
Heimberg, Karin von	S. 76, 77
Hexenkult	S. 40
homo sapiens	S. 7
Hierarchie	S. 31, 47
Hilfe zur Selbsthilfe	S. 14
Hindus	S. 21
Hirse	S. 20, 21
HIV-Virus	S. 14
Ho (Stadt in Ghana)	S. 35
Hochzeit	S. 38
Hohoe (Stadt in Ghana)	S. 18, 25, 47 ff, 63 ff
Holländer	S. 21
Horn, Egon	S. 65
„House of Chiefs"	S. 31
Humphrey, Hubert	S. 9
Ibo (Volksgruppe in Nigeria)	S. 11
Idole	S. 21
Import	S. 17
„Independence NOW"	S. 28
Indianische Kulte	S. 43
Industrialisierung	S. 28, 66
Inflation	S. 31
Internationaler Studentenaustausch	S. 50
„International Bank for Reconstruction and Development"	S. 20
„Internationaler Währungsfonds" (IWF)	S. 26
Inthronisation, siehe auch: Krönungszeremonie	S. 55
Islam	S. 21
Italien	S. 28

Jena	S. 19
Johanniter Ludwigshafen	S. 65, 67, 79
Josua ben Parachja (Nachfolger des Moses)	S. 47
Juden	S. 21
Jugenddorf Limburgerhof	S. 50, 54, 57
Kaffee	S. 20
Kakao	S. 17, 20
Kalebasse	S. 12, 47
Kalidowa, Franz-Josef	S. 74
Karbstein, Albert	S. 74
Karibik	S. 43
„Kartoffelmuseum"	S. 81
Katecheten	S. 24
Katholiken	S. 24, 28
Katholische Missionare	S. 21
Kautschuk	S. 20
Kegeldach	S. 38
Kenia	S. 9
Kfz-Handwerk	S. 50, 52, 53
Khartum	S. 11
Ki-Zerbo, Joseph	S. 31
Kleider / Kleiderordnung	S. 38, 40, 41, 42, 43
Klimazonen in Afrika	S. 9
Kochbananen	S. 20
Kohl, Bundeskanzler Dr., Helmut	S. 59
Kokombas (Bevölkerungsgruppe in Norden Ghanas)	S. 24
Kokosnuß	S. 20
Kolanüsse	S. 20
Kolonialherren	S. 11
Kolonialmächte	S. 17, 28
Kolonialzeit	S. 24
Kommunikation; siehe auch: Nonverbale Kommunikation	S. 43, 47
Konfessionen	S. 21
Könige	S. 45
Kopra (getrocknete Kokosnuß)	S. 20
Kpandu (Stadt am Voltasee)	S. 25
Krankenpflege (Krankenhaus)	S. 79
Krankenversicherung	S. 79
Krisis	S. 7
Krönungszeremonie	S. 55
Kumasi (Stadt in Ghana)	S. 19, 26
Kwa (Sprache in Ghana)	S. 19
Kwawu, Codjoe, Dr. Frank	S. 33
Lamb, David	S. 17
Landeskönige	S. 31
Landessprachen	S. 19
Landflucht	S. 14
Landmaschinenmechaniker	S. 50
Landwirtschaft	S. 14, 20

Lebenserwartung	S. 26
Legon (Universität bei Accra)	S. 19
Lehm	S. 38
Lentz, Carola	S. 33
Leuthaeuser, Conrad	S. 77
Leysen, Luc	S. 33
Liberia (Republik in Westafrika)	S. 28
Lineage (völkerkundliche Bez. für eine Sozialeinheit)	S. 31, 35
Lomé (Hauptstadt in Togo)	S. 35, 83
Ludwigshafen	S. 50, 57, 60, 61
Lutheraner	S. 24
„Maariv Daily Newspaper", Tel Aviv	S. 90, 91
Madukanya, A	S. 77
Magie	S. 45
Mais	S. 20, 21, 38
Malaria	S. 50
Mande (Bevölkerungsgruppe in Ghana)	S. 29
Mangan	S. 26, 66
Mango (Stadt in Togo)	S. 83
Maniok	S. 20, 66
Mannheim	S. 53
„Mannheimer Morgen"	S. 53, 61, 92
Marktwirtschaft	S. 11
Mary Kay Cosmetics	S. 76
Matse (Stamm in Togo)	S. 35
Maudach	S. 53
Mauritius	S. 14
Mawu (Gott der Ewe-Völker)	S. 43
Medien	S. 79
Medizinmänner	S. 55
Mennoniten	S. 24
Methodisten	S. 31
Militär	S. 45
Militärdiktatur	S. 28
Mische, Erhard	S. 63, 66, 82
Mission (Missionare)	S. 21, 24
Mißwirtschaft	S. 31
Mole-Dagbane (Bevölkerungsgruppe in Ghana)	S. 24, 29
Monarchie	S. 31, 45, 47, 93 ff
Mono (Fluß in Nigeria)	S. 35
Monokultur	S. 20
Monrovia (Hauptstadt der Republik Liberia)	S. 28
Mosambik (Staat an der Ostküste Afrikas)	S. 11, 16
Moses	S. 24
Moslems	S. 21
Mossi (Bevölkerungsgruppe in Ghana)	S. 29
Mößner, Jörg	S. 64
Mundenheim	S. 53
Musik	S. 10, 40
Mythen	S. 7

Nahrungsmittelknappheit	S. 14
Nahrungsmittelpreise	S. 14
Nairobi (Hauptstadt von Kenia)	S. 9
Namibia (Südwestafrika)	S. 11, 14, 16
Naturreligion	S. 21
Nelson, Azumah	S. 50
Neumann-Grundlach, Dr. med. Barbara	S. 71
„News Aktuell"	S. 85
„Newsweek"	S. 14
Niederländer	S. 28
Niger (Republik in Zentralafrika)	S. 16
Nigeria (Republik in Westafrika)	S. 11, 14, 16, 26, 28, 35
Nkrumah, Kwane (1. Präsident des unabhängigen Ghana)	S. 28
Nonverbale Kommunikation	S. 40
„Norddeutsche Mission"	S. 35, 63
Notsé (Zentrum der „All Ewe Conference")	S. 35, 83, 84, 85
OAU (Organization of African Unity)	S. 14, 28
Obervolta	siehe Volta
Obst	S. 20
Omanhenne (König / Königin)	S. 31
Opfer / Opfergaben	S. 21
Orakel	S. 21
Osei Tutu (König der Ashanti)	S. 28
Pfingstgemeinde	S. 24
Pidgin-Englisch	S. 19
„Population Census of Ghana"	S. 29
Portugiesen	S. 21, 28
Presbyteraner	S. 24
Presbyterianer	S. 24, 82
Priester	S. 44, 60
Prostitution	S. 20
Protestanten	S. 24
Pubertät	S. 38
Qualifizierung	S. 26
Quarantäne	S. 55
Radeloff, Jörg	S. 76
Radioprogramm	S. 20
Rastas (Afro-amerikanische Erlösungsbewegung)	S. 21
Rawlings, Jerry John (Staatspräsident in Ghana)	S. 19
Regenzeit	S. 20
Reinhard, Wolfgang	S. 77
Reis	S. 20, 38
Religion	S. 21, 24, 40
„Rems-Zeitung", Schwäbisch Gmünd	S. 68
„Reutlinger Generalanzeiger"	S. 89
Rheinland-Pfalz	S. 58
„Die Rheinpfalz", Ludwigshafen	S. 50, 60, 61, 89

Rituale	S. 35, 40 ff
Rundhütten	S. 38
SAT 1, „Jetzt reicht's", Mainz	S. 77, 80
Safari	S. 9
Sahelzone	S. 17
Schreinemaker, Margerete	S. 79
„Schwäbisches Tageblatt"	S. 89
Schweden	S. 28
Schweitzer, Ottmar und Paul	S. 50, 53
Schulden	S. 26
Schulpflicht	S. 18, 66
Schulte, Oberbürgermeister, Dr. Wolfgang	S. 59, 60
„Seereederei Rostock"	S. 79
Sekten	S. 43
Sesam	S. 21
Sierra Leone (Republik in Westafrika)	S. 28
Sklavenhandel	S. 17, 21, 28, 43
Slums	S. 14
Sokode (Stadt in Togo)	S. 83
Somalia (Republik in Ostafrika)	S. 11
Spanien	S. 28
Sparkurs	S. 26
„Spedition Messerbrink"	S. 65
Speicheranlagen	S. 21
Spieth, Jakob	S. 35, 42, 43, 45, 46, 62, 74, 93 ff
Spinnen	S. 62
Spiritualität	S. 21
„Spiritual Churches"	S. 24
Sponsoren	S. 82
Sport	S. 50
Sprachenvielfalt	S. 11
Staatswirtschaft	S. 11
Stammesälteste (Stammesfürsten)	S. 31, 37, 55
St. Georges-de-la Mine	S. 28
Südafrika	S. 11, 17
„Süddeutsche Zeitung", München	S. 17
Sudan (Republik in Nordostafrika)	S. 11, 14
Sudaniden (Negride Menschenrasse)	S. 24
Synkretismus	S. 24, 43
Tabak	S. 20
Tackie-Yarboi, T. T.	S. 33
Talisman	S. 21
Tamale	S. 18
Tanz	S. 10, 40
Taviewe (Stammesvolk der Ewe)	S. 35
Tee	S. 20
Tema (Stadt in Ghana)	S. 18
Temne (Stamm in Sierra Leone)	S. 28
Thalhofer, Peter	S. 64, 68, 71

Thatcher, Maggie	S. 11, 14, 17
Tierhaltung	S. 38
Tieropfer	S. 44, 55
Tischgemeinschaft	S. 47
Togo	S. 28, 35, 47, 83 ff
Tourismus	S. 9, 26, 63
Traditionalisten	S. 24
Trance	S. 43, 44
Treusch, Gernot	S. 7, 77
Trinkwasserversorgung	S. 12, 13, 74, 79
Trommel	S. 40, 44, 47
Tropenhölzer	S. 26
„TV – Hören + Sehen"	S. 30
Überweidung	S. 14
Umweltkatastrophe	S. 14
Unabhängigkeitsbestrebungen	S. 28, 31
Union Jack (Britische Nationalflagge)	S. 21
Unita (Rebellenorganisation in Angola)	S. 11
Universitäten	S. 19, 20
Vielweiberei	S. 38
Volkshochschule Gilching e. V.	S. 77
Volta (Voltaregion)	S. 20, 28, 35, 45, 47, 55, 63, 74
Voodoo	S. 21, 24, 39, 40, 43, 58
Vorratshaltung	S. 21
Wanderfeldanbau/Wanderhackbau	S. 21, 38
Warnke, Marianne	S. 76, 81
Weltbank	S. 20, 26
Welternährungsorganisation (FAO)	S. 9, 20
Weltflüchtlingsbevölkerung	S. 14, 17
Weltgesundheitsorganisation (WHO)	S. 14
Wenig, Möbelvertrieb	S. 77
„West Africa"	S. 51
Widerstand gegen Kolonialherrschaft	S. 28
Wiedergeburtsgemeinde	S. 24
Wirtschaftsflüchtlinge	S. 26
Wittorf	S. 81
Wittenberg	S. 19
„World Refugee Survey"	S. 14
Xhosa (Bantumvolk in Südafrika)	S. 9, 17
Yams (Yamsfest)	S. 20, 38, 66, 74, 81
Yoruba (Volk der Sudaniden in SW-Nigeria)	S. 28, 29
Zaire (Republik in Zentralafrika)	S. 9, 16
Zauber (Zauberei)	S. 43, 58, 95
Zauberkleid	S. 42, 43
Zeugen Jehovas	S. 24
Zuckerrohr	S. 20
Zukunft	S. 66

Dieses Buch unterstützten in dankenswerter Weise

die Syncomp Pharma GmbH, Frankfurt

der Rotary-Club, Ludwigshafen

der Kulturausschuß der Stadt Ludwigshafen
aus Mitteln der Antonie-Besler-Stiftung